菓子フェスの庭

上田早夕里

ハルキ文庫

角川春樹事務所

〈目次〉

第一話　お菓子の道

甘いものなんか大嫌いだ。

仕事で扱うのも、絶対にごめんだ。

それが武《む》藤《とう》隆史《たかふみ》の本音だった。

ケーキ、チョコレート、クッキー、アイスクリーム。なぜ、世の中の人間は、あんなべたべたした甘味をありがたがるのか。パフェなど、気が狂っているとしか思えない。あれは砂糖とクリームで作った爆弾だ。

　スイーツ男子だと？　甘いものが欲しければ砂糖入りのコーヒーでも飲めばいいじゃないか。うきうきしながら、カスタードがどうだとか、ミルなんとかがどうだとか。まるで子供だ。恥ずかしくないんだろうか。

　武藤は高校生のときバスケットボール部にいたので体格がいい。もともと武骨な雰囲気でもあるので、お菓子に興味を持たないことを不自然に思う人間は少ない。

「おれ、甘いもんは苦手だから」と言えば、どんなお菓子も別の部員に回った。彼の甘いもの嫌いは、クラス中に知れ渡っていた。バレンタインデーにチョコレートを贈ろうとする女子など、ひとりもいなかった。

義理チョコひとつもらえなくても、武藤は平然としていた。女子とつき合えば必ず甘いものの食べ歩きになる。武藤にとって、それは、ホラー映画を観《み》るよりも恐ろしいことだった。

大学生になった直後の合コンで、武藤は生まれて初めて、甘いものが嫌いな女性と出会った。お酒が好き、辛いものが好き、と言うだけあって、彼女は恐ろしく酒に強かった。さっぱりとした性格で、口だけの愛想やお世辞とは無縁の女性だった。

武藤は向かいに座っていたので、自分からも積極的に話しかけた。最近は何でも甘口になっちゃってつまんないよね、野菜だって、昔はもっと苦味や酸味が強かったんだってね、そういうの、ちょっと食べてみたいよね、などと格好をつけた会話を交わしながら、好きな料理や世間話で盛りあがった。

味覚に通じ合うものがあると、これほどまでに楽しいのか。生まれて初めて「話が合う」女性と巡り合った喜びに、武藤は夢中になった。合コンの帰りに、携帯電話の番号とメールアドレスを教え合った。次の休日から、一緒に、映画や食事に行くようになった。

お互いがうまいと思うものを食べ、うまいと思う酒を飲み、泊まりがけで旅行をした。深い間柄になり、頻繁に、お互いを求め合った。

が、結局は別れた。

喧嘩《けんか》をしたわけではない。会話がぎくしゃくしてきたのでもない。なんとなく、どちらからともなく連絡が途絶え――地味に終わった。

あの頃の日々を思い出すと、武藤はいまでも考え込んでしまう。

おれたちは、あまりにも似た者同士だったのではないか。

意見や感性が似ていると楽しいが、それは鏡を見つめる行為にも似ているのだ。関係を長続きさせるには、似ていると同時に、お互いがどこかで決定的に違っていなければ、飽きてしまうのではないか――。

人間の相性とは、両者が相似形であることではなく、お互いの違いが、うまく噛み合うことを言うのではないか。

そんなことを考えつつ、武藤はそれ以降、誰ともつき合わなかった。人と人とが幸福に巡り合うのは難しいことだ、などと思いながら、二十代も終わりの頃になってしまった。

武藤の勤務先は、西富《にしとみ》百貨店芦屋《あしや》支店の企画部である。

地下食品売り場や紳士服売り場で下積みした後、ようやくそこまで辿《たど》り着いた。

企画部はデパートの花形部署だ。

働き始めて六年余。自分で企画を立ち上げたことはまだないが、いつかは自分の立案を成功させたい――それが一番の夢だった。

その夢は、意外な方向から訪れた。

武藤が、最も望まない形で。


「それを私が——ですか」

週末の居酒屋で、武藤は目を丸くして相手に訊《たず》ねた。

テーブルの向かいには、西富百貨店芦屋支店企画部の鷹岡《たかおか》部長が座っていた。鶏肉を串から外しつつ、鷹岡部長はおもむろに言った。「君にも、そろそろ企画の中心に入ってもらいたいからな。手始めに軽いものをひとつ頼むよ。このプランなら、君ひとりでも充分だろう」

「しかし、私がスイーツ関係の企画を担当とは、いくらなんでも、ちょっと……」

酒の席上とはいえ、武藤の言葉は、上司に向かって易々と口にしていいものではなかった。しかも今夜は、部長に誘われ、ふたりだけで飲みに来ているのだ。事実上、「この仕事は君に任せたよ」と言われているのと同じだった。会社員であるならば、「承知致しました。では、全力で進めさせて頂きます」と返さねばならない場面だった。

だが、武藤の胸中にあったのは、〈こんな仕事をおれに回してくるなよ!〉という怒りを帯びた悲痛な叫びだった。

混乱する頭で、武藤は、必死になって事の成り行きを推察した。

――部長は、おれのスイーツ嫌いをよく知っているはずだ。仕事の合間や忘年会で、何度も話した記憶がある。部長はそのつど、そりゃ大変だなあと、同情したような声をあげたものだった。それを忘れているはずはない。となると、これはパワハラというやつなのだろうか。おれは自分でも知らないうちに、何か、部長の機嫌を損ねるようなことを。

武藤は恐々と切り出した。「あの……スイーツ企画というと、やはりあれですか。パティシエさんを呼んで、会場いっぱいにお菓子を並べるという……」

西富百貨店は、関西にいくつも支店がある。毎年ゴールデンウィークの頃には、本店や支店の催事場で、スイーツ企画が開催される。京阪神の有名洋菓子店がたくさん参加するので、お客はそれを目当てにどっと押し寄せる。芦屋支店でも行われる。スイーツは女性客に広く人気があるので、絶対に外せない企画だ。

「いや、今回頼みたいのは、そちらのほうじゃないんだ」武藤の不安など知ったことではないといったふうに、鷹岡部長はうまそうに鶏を頬ばった。「あちらの担当は、いつも通り緒方《おがた》さんだ。君にやってもらうのは西宮《にしのみや》ガーデンズのほうだよ」

阪急電鉄西宮北口駅の南側には大型ショッピングモールがある。いまから二年前――二〇〇八年に新規オープンした西宮ガーデンズがそれである。駅と連絡橋《デッキ》でつながっており、アクセス環境は抜群にいい。昨年の十一月からは連絡橋に屋根がついた。夜間はＬＥＤでライトアップされ、華やかな雰囲気に包まれる。

西宮ガーデンズ本体は五階建てで、一階から三階にかけて、ショップがたくさん入っている。最上階には文化センターやエステサロンの施設がある。飲食関係のフロアは四階だ。鷹岡部長は言った。「あそこの四階に、うちの喫茶が入っているだろう?」

武藤はうなずいた。西宮ガーデンズには、多くのレストランやスイーツ関係の店が入っている。そのひとつである〈パレドゥース〉は、西富百貨店が出資して作った喫茶と販売の店だ。

パレドゥースは複数の洋菓子店と契約し、パティシエたちの自慢のケーキを並べている。複数店舗から商品を集めているので、バラエティ豊かな品揃《しなぞろ》えが特徴だ。床面積は広めに設定されており、喫茶店というよりもミニレストランに近い。ここで行われるイベントを担当しているのは、西富百貨店芦屋支店の企画部である。

鷹岡部長はジョッキからビールをあおり、続けた。「あれを使って、期間限定で菓子フェスをやってみたい」

「百貨店の催事場と比べると、パレドゥースは少し手狭だと思いますが」

「レイアウトをうまくやれば大丈夫だよ。もともと、こういう企画も立てられるように設計してあるんだ。ミニイベント程度なら何の問題もない」

「これは緒方さんの発案ですか」

「そう。本当は彼女が両方担当できればいいんだけど、時期的に重なるし、いくらなんでも両方やらせるのは無理だから」

「緒方さんが主任、私はサポート、というほうが効率がいいような気がします」

「今回は、ぜひ君にやってもらいたいんだよ」

「私では、若い女性客を喜ばせるような企画は……」

「最近は、〈スイーツ男子〉ってのがいるんだろう。君が企画を立てるなら、そのあたりを狙《ねら》うのがいいんじゃないかな。たとえば、男の子が女の子を連れていきやすいようなテーマを組むとか」

武藤が言葉に困っていると、鷹岡部長は含み笑いを浮かべた。「君が甘いものを大嫌いなのは、よーく知っているよ」

「それでしたら――」

「だがな、企画部にいる限り、これからもいろんなテーマの仕事が来る。そのたびに『自分が苦手な食材なので』とか『そのジャンルには興味がないので』と言って逃げるつもりか。それじゃあ社員失格だろう」

「他のことなら何でもやります。しかし、甘いものだけは、どうにもこうにも……」

「じゃあ、緒方さんからアドバイスを受けることだけは許可しよう。でも、企画自体は君が立てるんだ。いい加減なプランを持ってきたら容赦なくはねるぞ。いいか。収益は、きっちりと上げるんだ。任せたよ」

ここまで押されると、もはや嫌とは言えない。料理や酒の味をほとんど感じないままに、武藤は食事を終え、鷹岡部長と別れた。

帰りの列車の中で、武藤はさまざまな策に思いを巡らせた。企画のための策ではない。どうやったら自分が直接お菓子にタッチせず、緒方を利用できるか——そういった類《たぐい》のことに知恵を絞り続けた。

——有名菓子店で甘いものを奢《おご》って、いい具合に持ち上げるのが一番だろうか。

いや、と武藤は首を左右に振った。

緒方麗子《おがたれいこ》は、入社の順番から言うと武藤の後輩に当たる。武藤と違って最初から企画部に配属されたので、二歳年下だが、武藤よりもこの方面には経験を積んでいる。

小柄で色白で髪は短く、臙脂《えんじ》色の金属フレームの眼鏡が似合う可愛《かわい》らしい女性だ。「私お菓子が好きで好きで、もう一日中食べていたいぐらいで！」と無邪気に語る反面、仕事にはなかなか厳しい。

ある企画会議で、麗子が男性社員を理詰めで言い負かした場面を、武藤は目の当たりにしたことがある。お菓子に対する繊細な拘《こだわ》りに、男性社員が小馬鹿にするような突っ込みを入れた瞬間、麗子は態度を豹変《ひょうへん》させた。スイーツ業界や女性客を舐《な》めるな！ と言って、ものすごい剣幕で論戦の火蓋《ひぶた》を切ったのだ。

麗子の勢いが感情的で支離滅裂なものだったら、周囲にも止めようがあっただろう。

「まあまあ、緒方さん、ちょっと落ち着いて」とか「彼も悪気があったわけじゃないんだから」と宥《なだ》めて。

だが、彼女の場合その手は通用しなかった。麗子は恐ろしく冷静で論理的な反論を繰り出し、その男性社員を追い詰めた。具体的なデータを列挙し、彼がそれをいかに理解していないかを言い立て、相手が会議室から逃げ出すまでやめなかったのだ。

あの調子で懇々と説教されたら、たぶん自分も勝てないだろうと武藤は身震いした。

しかし、麗子のその性質は、逆に言えば、理詰めで切り返せば説得可能という意味でもある。理屈で納得させることができれば、感情的なもつれもなく、自分のために動いてくれるのではないか。武藤はそんな感触を抱いていた。

翌日、西富百貨店芦屋支店での会議で、武藤は正式にパレドゥースの菓子フェス担当責任者に任命された。次回までに企画の骨子を提出するようにと鷹岡部長から言われた。

会議のあと、武藤はすぐに緒方麗子をつかまえた。仕事上、普通に会話したことはある。だが、親しく交流したり、一緒に飲みに行ったりしたことはない。例の激論を目の当たりにしたせいもあって、武藤は自分の甘いもの嫌いを、麗子に話して聞かせたこともなかった。

それなのに、話をしてみると、麗子は先回りしたように武藤の嗜好《しこう》を熟知していた。とうの昔に知っていたか、鷹岡部長から聞かされたに違いなかった。

麗子は眼鏡の奥から、興味津々といった眼差《まなざ》しで微笑を投げかけてきた。「鷹岡部長からお話は伺っています。ご協力できる範囲なら何でもお手伝いしますから、遠慮なく仰《おっしゃ》って下さい」

「ありがとう。いろいろ教えてもらいたいんだ。食事しながら話せるかな」

「いまからでしょうか」

「うん。無理なら別の日でもいいが」

「私はいつでもＯＫです」

「じゃあ、早いほうがいいね」

武藤は麗子をＪＲ元町駅近くの店に案内した。懐石料理風の軽いコースを食べられるフレンチレストランで、窓際はあいていなかったが、奥の落ち着いた席を確保できた。

懐石風なので料理の量は多くない。だが、しっかりとバターやソースが使われているので腹持ちはいい。

麗子は新しい料理が出てくるたびに、おいしいおいしいとご機嫌だった。メインディッシュを食べ終えると、満腹したようだった。

「いいお店をご存知《ぞんじ》なんですね、武藤さん」

「ちょっとだけいいものを食べたいとき、ここは最高だよ。フレンチなのに、ひとりでも入りやすい雰囲気だし」

デザートは、二種類のケーキと、アイスクリームかシャーベットを組み合わせる形式だった。六種類のケーキ、三種類のアイスクリーム、三種類のシャーベットの中から、好きなものを選ぶ。

「おれはコーヒーだけでいいから」と武藤は言った。「緒方さんは、おれの分も食べるといいよ」

「えっ、いいんですか」

「これも料金のうちだから。好きなものを選んでよ」

麗子は嬉々として、本来ならば武藤の分となるケーキとアイスクリームを選んだ。ふたり分の皿が運ばれてくると、武藤はウェイターが立ち去ったあと、自分の分を緒方の前へ押しやった。

デザート皿には、武藤が名前も知らないようなケーキが載っていた。ひとつは焦げ茶色だったので、たぶんチョコレートを使っているのだろうと甘いもの嫌いな武藤でも見当がついた。もうひとつは綺麗《きれい》なきつね色に焼き上がっていた。アイスクリームは濃い赤紫色だった。どんな果物を使ったらこんな色になるのか、武藤には想像もつかなかった。もっとも、わかったところで食べる気はなかったが。

「武藤さん、本当に食べないんですか」麗子は念を押すように訊ねた。「こういうお店のデザートなら、甘過ぎない上品なお味のはずですが」

「ここには何度も来ているが、デザートを食べたことはないよ。お店の人もよく知っている。理由も話してあるからね」

「シェフがお気の毒ですね」

「どうして？　代金はメニュー通りに全額払っているよ」

「そうじゃなくて……。コースメニューのデザートは、そこまでがひとつのお料理ですから。シェフは、全体の味が調和するように、お菓子の種類も選んでいるんです。その最後の部分を飛ばすというのは、ちょっとねえ」

「じゃあ、コーヒーに砂糖を入れて飲めばいいのかな。それで料理と調和する？」

「ああ、それ全然意味が違いますから。デザートって、単に甘味だけの食べ物じゃないんですよ」

麗子は武藤の分のデザートに視線を落とした。「たとえばこの組み合わせ。こちらはチョコレートをふんだんに使ったケーキですが、チョコレートのおいしさは甘味だけでは決まりません。苦味と酸味と油脂の旨味《うまみ》に砂糖が加わって、初めておいしさが生まれるんです」

「酸味？　チョコレートに酸味なんてあるの？」

「原料になるカカオ豆は産地や農園の状態で味が変わります。酸味はそこで決まるし、焙《ばい》煎《せん》の仕方で苦味の程度も。チョコレート作りの職人さんは、チョコレートをひとかけら食べただけで、その違いが敏感にわかるんですよ」

「へえ……」

「だから、ケーキに酸っぱいフルーツを使っている場合と甘いフルーツを使っている場合では、チョコレートの選び方も変えないと。チョコレート自体が持っている酸味や苦味と、フルーツの味を馴染《なじ》ませる必要があるんです。このケーキみたいにフルーツを使っていないときには、チョコレートの個性がストレートに出ます。だから今度は、生地に使っている卵や小麦や牛乳との相性を考える」

「ふうん。たかがケーキひとつに、ずいぶん手間をかけるんだねえ」

「たかがなんて言っちゃいけません。武藤さんはこれからお仕事で、その〈たかが〉なモノを扱うんですよ？」

「そのことなんだが……」武藤は本題を切り出した。「おれはこんな調子で、お菓子のよさが全然わからない人間だ。スイーツ企画を立てろと言われても、何をすればいいのかさっぱりわからない。もちろん、過去の企画を真似《まね》れば、形だけ整えるのは簡単だ。でも、部長はおれに何か新しいことをやれと言っている」

「パレドゥースは開店してまだ二年のお店です。支店と同じことをしても、確かに目新しさはありません」

「正直なところ、どの店にどんなお菓子を頼めばいいのか……そんな基本的なことすらわからない。だから、いま人気抜群の洋菓子店を緒方さんがピックアップしてくれると、ものすごく助かる！　それに沿ってプランを立てれば、おれが甘味オンチでもそう外さないはずだ」

麗子は眉《まゆ》をひそめた。「それだと、武藤さんがお仕事したことになりませんね」

「部長は、おれに好き嫌いをしてはだめだと言っている。でもね、おれが苦手なのはスイーツだけなんだ。他の食材は何でも食べられる。北海道物産フェアが来ようが、深海魚販売フェアが来ようが、ばっちり企画を立てて売ってやるさ。食べ物じゃなければ、もっと簡単だ。宝石だろうが呉服だろうが高級ランジェリーだろうが、何だって手がける自信がある。でも、スイーツだけはだめだ。ケーキや饅頭《まんじゅう》は絶対にごめんだ」

「あの、すごく不思議なんですが……」

「何が？」

「武藤さんは、お菓子の、どこがだめなんですか」

「……甘いものはまずい。ものすごく、まずい」

瞬間、麗子が激しく言い返しそうになったのを、武藤は片手をあげて押し止《とど》めた。「言うな。これはあくまでもおれの主観なんだ。味覚というのは主観的なものだ。それは緒方さんだって、よくわかるだろう」

「それは、まあ」

「ウニやイクラが嫌いな奴に、海鮮丼のうまさを納得させるのは難しい。それどころか、同じ食材でも調理の仕方が違えば食べられなくなる。さっき食べたステーキに、安物のケチャップがかかっていたら嫌だろう？　いくら肉の部分がうまくても」

「そうですね」

「魚料理のチョコレート煮なんて食いたくないだろう？　いくら緒方さんが甘いもの好きでも」

「うーん。白身魚のチョコレート煮なら、ちょっと食べてみたい気がしますが……」

「えっ」

「チョコレートって料理にも使うんですよ。仔牛《こうし》や鳥の料理でチョコレートソース煮というのがあって、ものすごく、おいしいんです」

武藤が絶句していると、「まあ、それはともかくとして」と麗子は続けた。「海鮮丼のお話はよくわかりました。そこまでお菓子が嫌いなら、確かに、お店の選定を武藤さんが担当するのは難しいですね」

「だろう？　仕事とはいえ、おれが突然お菓子のよさを理解できるわけがない」

「ただ、私は手伝うようにとは言われましたが、お店選びは、企画の中心になる事柄ですからねえ……」

「黙っていればわからないよ。もちろん、おれだって努力はする。お菓子の外見や価格については検討できるよ。それに、ほら、あれ何て言うのかな。でっかい彫刻みたいなお菓子があるじゃないか。ＴＶの特番でよく見かける……」

「ピエスモンテのことですか」

「そう。ああいうやつの善《よ》し悪《あ》しならわかる。どんなものが会場の雰囲気に合うか、どこに何を置けば華やかになるか。でも、味に関してはだめだ。決定的な判断は無理だと思う」

麗子からの反論を覚悟しつつも、武藤は彼女の様子をじっと観察していた。上司の指示をとるか、今回初めて責任者になる人間の泣き言を受け入れるか。さほど迷う選択ではないはずだ。会社人間にとって上司の命令は絶対だ。正論をとるならば麗子はここで説教に出るだろう。

けれども。

パレドゥースでのスイーツ企画に、麗子の食指が動かないわけがない。お菓子が好きで好きでたまらないのなら――自分の仕事に自信を持っているならば、この件で泣きついてくる人間に、手を差し伸べずにはいられない。人間の頭のよさは、たいてい自尊心と直結しているから。

麗子は押し方によっては動く。もっとも、すべてを丸投げにするわけにはいかないが。

麗子の感性を前面に出した企画を出せば、鷹岡部長はその場で却下するだろう。下手をすると、今後、企画の立案に噛ませてもらえなくなるかもしれない。それだけは避けねばならない。

麗子は、なかなか結論を出さなかった。沈黙したまま、自分のデザートにスプーンを入れた。

円筒形のガラス容器に入ったそれは、赤とピンクと白が層になっていた。すくい取って口へ運ぶと、麗子は、うっとりしたように溜息《ためいき》を洩《も》らした。「ああ、これって最高……」

武藤は苦笑を浮かべた。「何なの。それ」

「イチゴのムースです。ぷわんとした食感と生クリームが、もうたまらないというか……」

「楽しそうだねえ」

「お菓子って楽しいものなんですよ。武藤さんだって、子供の頃はお菓子を好きだったでしょう？」

「いや、おれは子供の頃から食わなかったよ」

「食品アレルギーですか」

「そうじゃない。単に甘いものが嫌いだったんだ」

「でも、小さい頃って、お母さんがプリンやホットケーキを作ってくれるでしょう。おやつの時間、何を食べてたんです？」

「あまり記憶にないんだよなあ」

「和菓子はどうでした？　お饅頭とか、三笠《みかさ》とか、カステラとか」

「だめだったね。どれも好きになれなかった。特に、もなかは苦手だった。口の中に皮がべちゃべちゃ張りつくのが面倒でね」

「筋金入りのお菓子嫌いなんですね。ここのデザート、こんなにおいしいのに」

ちょっとだけ食べてみませんかと続けた麗子に、武藤は首を左右に振った。「ごめん。本当に食べられないんだ」

「そうですか……。では、遠慮なく頂きますね」

麗子はデザートを食べながら、武藤が頼みもしないのに、個々の菓子の説明を始めた。イチゴ、マンゴー、洋梨《ようなし》、カシス、チーズ、チョコレート……。素材が、どのように使われ、どんな味の調和を作り出しているか。どういうところが、お客に対するセールスポイントになっているか。

聞くともなしに聞いているうちに、菓子にも要点があることに武藤は気づいた。料理と同じで、きちんとした組み合わせがあるのだと。最強の味を生み出すパターン。絶対に組み合わせてはならないパターン。京料理にとんかつソースを使ったりはしないように、お菓子にも、おいしく仕上げるための筋道があるのだ。

だが、理屈ではわかっても、実感のないものを、お客にアピールするのは難しい。いくら丁寧に説明してもらっても、知識だけでお菓子の選別はできない。

麗子は言った。「やっぱり、少しでも食べるのが一番ですよ。ほんのひとくちで構いませんから。お店を選定するには、それが絶対に必要です」

「うーん」

「武藤さんは、果物はお嫌いですか」

「積極的に食べたいとは思わないが、お菓子よりはましだと感じるね」

「だったら、まず、フルーツタルトから攻めてみませんか」

「でも、ケーキの上の果物は砂糖で煮てあるだろう。あれが嫌なんだ」

「フレッシュな果物をそのまま使うタルトもありますよ。土台の部分が嫌なら、そこは、ひとかけらだけ――」

「そんな程度で、お菓子のよさがわかるのかい」

「少しずつ慣らすんですよ。本当にわかるには、やはり全部食べないと」

結局、ある程度は食べねばならないのか。武藤がうんざりしていると、麗子は付け加えた。「武藤さんが少しでも食べて下さるなら、企画の骨子に噛みましょう。でも、鷹岡部長に、ばれないようにしないと……」

「うん。そのあたりは慎重にやろう」

麗子が乗り気になってきたので、武藤は内心〈やった！〉と叫びそうになった。あともう一押しだ。「約束する。食べられそうなものには手を出すよ。確かに、フルーツ系なら多少はましかもしれない」

「じゃあ、そういうことで」


翌日から、ふたりは店の選定に入った。パレドゥースは複数の店と常時契約を結んでいるが、イベント用には他店の目玉商品も並べる必要がある。

イベント期間は一ヶ月。催事場での企画はゴールデンウィークのみだが、こちらでは長めの日数をとることになった。さまざまな試みを行うためである。

かけらほどでもお菓子を食べると請け合った武藤だったが、麗子がピックアップした候補店数を見た途端、言葉を失った。

二桁《けた》。

「こんなに回るのか！」青褪《あおざ》めた武藤に向かって、麗子は、にこやかに答えた。「当然でしょう」

「おれ、こんなに食べられないよ！」

「武藤さんはかけらほどつまめばいいんですから、楽ですよぉ。各店のイチオシは、私が全部チェックします」

「……太らないの？」

「カロリーコントロールしながら食べるので大丈夫です」

リストを眺めているだけで武藤は眩暈《めまい》に襲われた。意味不明のネーミングと一緒に並ぶ、数々のお菓子の説明と画像。

武藤にとっては、キリストが重い苦難を背負って歩いた十字架の道行きにも似た——甘くてつらい「お菓子の道」の始まりだった。

第二話　淡雪

胃のあたりが重かった。生クリームや砂糖のせいだ。

長いこと避けてきたお菓子を、これほど短期間に大量に詰め込めば、そうなってあたりまえだった。

出先の喫茶店で胃薬を飲み下すと、武藤は大きな溜息を洩らした。

五月に西宮ガーデンズで予定されている〈お菓子のフェスティバル〉——それに参加してもらう菓子店の選定を、武藤は麗子と共に始めていた。味の善し悪しについては、麗子にほとんど任せきりだ。しかし、企画の責任者である武藤が、何も知らずに商品にＯＫを出すわけにはいかない。

外見だけなら武藤にもチェックできる。華やかさ。斬新《ざんしん》さ。可愛らしさ。配色の美しさ。甘いものが嫌いでも、それぐらいのことはわかる。

だが、味だけは、食べなければ確認できない。

「全部食べなくてもいいんです。ひとくちだけでも」

麗子はそう言うが、そのひとくちが武藤にはつらかった。

生クリームやカスタードクリームの、ぬらっとした感触。口の中でねばつくチョコレート。スポンジやパイやタルトの生地は無意味に腹を膨らませる。生まれて初めてマカロンを口にしたとき、武藤は脳天をぶん殴られたような衝撃を受けた。

甘――――っ！

麗子は、これを、いっぺんに何個も食べるのだという。ねちゃっとした焼きメレンゲに挟まれたジャムやクリームやチョコレートの強烈な甘味。それらが全部口の中ではじけたときの衝撃ときたら――。

砂糖菓子爆弾。

武藤は、マカロンのことをそう呼ぶことにした。もう二度と口には入れまいと思った。金をもらっても食べるのはごめんだ。


「なにっ。風邪をひいた？」

麗子が「二日ほど休みます」と連絡してきたとき、武藤は愕然《がくぜん》となった。「今日から、お店への挨拶《あいさつ》と打ち合わせがあるのに！」

麗子は鼻声でぼそぼそと話した。「ご挨拶のほうは武藤さんがひとりで……。打ち合わせといっても、すぐに新作ケーキが出てくることはありませんから……」

「でも、予定だと、各店でイチオシ商品を確認することになってるだろう。そっちは、どうするんだよ」

「そちらは私が後日……。でも、出して下さるお店があったら、きちんと食べて下さいね。パティシエさんに失礼ですから」

「これ以上甘いものを食べたら発狂する！」

「そんなことはありません。人間の体には、生まれつき糖類を分解できる機能が備わっているんです。舌に甘味を感じる細胞があるのは何のためだと思っているんですか」

風邪をひいているというのに、相変わらず麗子の論理には容赦がなかった。武藤は泣き出しそうになった。しかし、自分の都合だけで、店側との約束をキャンセルするわけにはいかない。

腹をくって、予定通り訪問先を回り始めた。オーナーやシェフ・パティシエに挨拶し、菓子フェスについての相談をした。

打ち合わせが始まると、案の定、どこの店でもケーキが出てきた。どれもシェフの自信作である。無下に扱うわけにはいかない。最初の予定では、ケーキを食べるのは麗子だけだった。武藤はそれらしい理由をつけ、辞退するつもりだった。だが、麗子がいない以上、武藤が食べなければ話が進まない。

応接室のローテーブルにケーキと飲み物が並ぶたびに、武藤は作り笑いを浮かべ、外観を誉め、味を誉めた。麗子から仕込まれた知識通りに、ピントを外すことなく、相手との打ち合わせを進めた。どんなシェフが相手でも、いい雰囲気で店を出てきた。

その代わり、胃の調子は最悪の一途を辿りつつあった。胸焼けは最高潮に達し、いくら胃薬を飲んでも、まったく改善の気配はなかった。

だめだ。

もう限界だ。

手帳で最後の店名を確認した武藤は、これから回る先だけは、ケーキを辞退させてもらおうと決めた。

〈ロワゾ・ドール〉というその店は、駅前から坂道を十分ほどのぼった先にあるという。坂をのぼる運動量で、せめて、もう少し胃が軽くなってくれないか——。そんなことを考えながら、武藤は足を引きずるようにして坂をのぼり始めた。

「森沢《もりさわ》さん、ちょっと」

厨房《ちゅうぼう》でフレジェの上に生クリームを絞っていた森沢夏織《かおり》は、その声に手を止めて顔をあげた。

シェフ・パティシエの漆谷《うるしだに》美津子《みつこ》が、作業台の前に立っていた。

「今日、ニシトミの芦屋支店から、洋菓子企画の担当者が来られるの」

「芦屋支店？　珍しいですね。本店以外の方が来られるのは」

「ええ。向井《むかい》さんじゃなくて、別の方が来られるみたい。担当は若い女性で、お菓子が大好きな方だそうよ。綺麗な盛りつけで楽しんで頂こうと思うの。お願いできるかしら」

「何をお出ししましょうか」

「ケーキの種類は任せるわ」漆谷シェフは微笑を浮かべた。

夏織は少し考えた後、「では、フォンダン・ショコラを。フルーツで華やかに飾りましょう」と答えた。

「頼むわね」

夏織が勤めているロワゾ・ドールは、西富百貨店神戸本店の地階に支店を出している。担当は向井という名の中年男性で、たまにオーナーに挨拶に来る。時間があるときには、コーヒーだけでなくケーキも出す。だが、喫茶で出すように飾ったことはない。

飾って出してくれということは何か意図があるのだろう。また、新しい企画でも持ち上がったのだろうか。

西富百貨店神戸本店がリニューアルしたときのことを夏織は思い起こした。あのときは、支店に出すケーキのデザインを大量に変更した。大変だったが、とても楽しい仕事だった。あのデザインを考えてくれた市川恭也《いちかわきょうや》は、いまはまだ東京にいて、こちらへ戻ってくる気配はない。

恭也の笑顔を思い浮かべると、少し胸がときめいた。

その気持ちを振り払うように、夏織は、お客に出すケーキのことを考えた。

ロワゾ・ドールに勤め始めて五年弱。

いまでは地下厨房が独立し、別の場所で二号店として稼働している。チョコレート専門店《ショコラトリー》の〈ショコラ・ド・ルイ〉がそれだ。夏織は、ずっとロワゾ・ドールにいるが、ルイに移った沖本《おきもと》を通して、ショコラトリーのシェフとも顔見知りになった。

夏織の最近の仕事は、製菓作業と、喫茶部に出すケーキの飾りつけである。

喫茶部を持つパティスリーでは、ケーキを単独で出すのではなく、果物やアイスクリームで綺麗に飾りつけて出すことがある。

日常業務の合間にやるので、形としてはごく簡単なものだ。使う素材も限られている。だが、制約がある分、デザインには皿盛り担当のセンスが出る。先輩パティシエのアドバイスを元に、夏織は自分の感性を磨く毎日を送っていた。

それだけに、漆谷シェフからの依頼には緊張した。自分が出す皿盛りは、そのまま、この店への評価になってしまう。いい加減なものは出せないが、妙に力が入ったものを出しても、余裕や遊び心が感じられないケーキに見えてしまう。

あくまでも、自然に。

いつも、お客さまにお出ししているように。

フォンダン・ショコラを選んだのは、ショコラ・ド・ルイのことを考えたからだった。ルイのシェフ・長峰和輝《ながみねかずき》は、チョコレートの選定やブレンドに強い拘りを持っている。その知識と技術を参考にさせてもらったことで、ロワゾ・ドールのチョコレートケーキは、前にも増しておいしくなっている。本店だけでなく二号店の力も見てもらうという意味で、これはいい選択に思えた。

フォンダン・ショコラは、温めて食べるチョコレートケーキだ。芯《しん》までしっかり温めるので、皿に載せたケーキにフォークで切れ目を入れた瞬間、中から溶けたチョコレートがとろりと流れ出す。滑らかなチョコレートの舌触りと甘味と苦味が、豊かな香りと共に口の中いっぱいに広がる——そんな幸福感溢《あふ》れるお菓子。

メインのケーキが決まれば、添えるアイスクリームや果物の種類も自然に決まる。アイスクリームは、チョコレートのよさを殺さないようにバニラを使うことにした。そして、イチゴとキウイとマンゴーで、お皿を色鮮やかに飾ろう……。

頭の中でいろいろな形を空想しながら、夏織は西富百貨店からの来客を待った。

ロワゾ・ドールの厨房には十人の菓子職人がいる。生地を作り、クリームを作り、果物を刻み、菓子をオーブンで焼き、綺麗に飾る。早朝六時頃から始まる作業は夜半まで続く。

休みは交替で取っている。

売り場は今日も盛況だった。夏織たちが手を休める暇はなかった。

午後四時過ぎ、内線電話のコール音が厨房内で響いた。夏織を呼ぶ電話だった。オーナーの市川晴恵《いちかわはるえ》から、ケーキとコーヒーを応接室まで運んで欲しいと言われた。

夏織は了解し、フォンダン・ショコラを温めた。ふたり分の皿の盛りつけを始めた。ケーキのトップに粉砂糖をふり、ほのかに雪が積もったような外観に仕上げた。傍らにアイスクリームを添え、色鮮やかな果物を周囲にちりばめる。アクセントとして、ミントの葉を少し飾った。そして、大きな盆にコーヒーカップとケーキを乗せ、厨房の外へ出た。

事務室は廊下を挟んで向かいにある。夏織が入りやすいように、すでに扉が開放されていた。

声をかけて中へ入り、奥にある応接室へ向かった。事務机の前から立ちあがった職員が、夏織の代わりに応接室の扉をノックし、中へ声をかけてくれた。

オーナーの晴恵の声で返事があった。

夏織は軽く頭を下げて室内へ足を踏み入れた。

その瞬間、あっと声をあげそうになった。

ソファに座っていたのは、女性社員ではなく、男性社員だった。西富百貨店から来るのは女性社員と聞かされていたのに、何かの都合で男性社員に変更になったようだ。

訪問者は、がっしりした体つきの男性だった。黙っていても、きりっと張り詰めた雰囲気が伝わってくる。生真面目《きまじめ》な気配に圧倒されながら、夏織はテーブルに、ふたり分のケーキ皿と茶器を置いた。

ケーキ選びを失敗したかな……と感じた。

女性社員だと聞いていたので、思いっきり可愛らしく飾りつけてしまった。男性社員だとわかっていれば、もう少しシックなデザインにしたのだが。

何よりも、チョコレートのケーキを選んだことを後悔した。〈スイーツ男子〉という言葉が流行《はや》り、甘いもの好きを公言する男性が増えたとはいえ、チョコレートを嫌う男性は少なくない。もし、この人がそうだったら。

案の定、テーブルにケーキ皿が置かれた瞬間、〈彼〉は、ほんの少しだけ眉間《みけん》に縦皺《たてじわ》を寄せた。その変化を夏織は見逃さなかった。身がこわばる想《おも》いを抱いた。

ロワゾ・ドールに入店したとき、夏織はパティシエ修業の一環として、一年間、売り場と喫茶部の仕事をした。皿盛りケーキを出したときの客の反応を、何度も、じかに見ている。女性客はもちろん男性客であっても、素敵なケーキに出会ったときには顔が綻《ほころ》ぶものだ。

だが、この人は、そういう反応を見せなかった。菓子フェス担当の人だからケーキは好きだろうし、お菓子のこともよく知っているだろうに……。

夏織は一礼した後、逃げるように立ち去ろうとした。直後〈彼〉が、「あの、ちょっと」と声をかけてきた。

夏織はゆっくりと息を吸い、振り返った。失礼にならないように丁寧に返事をした。

「はい」

「大変恐縮ですが、少し事情がありまして、私はこのお菓子を食べられません。しかし、全部残して帰ったのでは、これを作って下さったパティシエさんに礼を失してしまいます。ですから、その旨を、どうかお伝え頂けないでしょうか」

「承知致しました」夏織は軽く頭を下げた。自分がこれを作った本人であることは告げなかった。「確かに、お伝えしておきます」

「この飾りつけ自体は、大変素敵だと思います」〈彼〉は真剣な口調で続けた。「予定通りに女性担当者がここへ来ていたら、きっと大喜びしたでしょう。今日はあいにく、風邪をひいて休んでおりまして」

「ありがとうございます。その方にも、よろしくお伝え下さい」

オーナーの晴恵が訊ねた。「チョコレートがいけませんでしたか？　ケーキは他にもたくさんあります。お好きなものを仰って頂ければ、すぐに新しいものをお持ちしますが」

「いえ、そうではなくて」〈彼〉は困ったように苦笑いを浮かべた。「実は、今回、仕事のせいでお菓子の試食が続いておりまして。ちょっと、その胃のほうが……。誠に申し訳ありません」

「ああ、そういうことなら」と晴恵は微笑を浮かべた。「試食は次回で構いません。もうひとりの方が、一緒に来られたときにでも」

「ありがとうございます。で、西宮の件なのですが」

話が仕事のほうへ向かい始めたので、夏織はテーブルからケーキ皿だけを下げ始めた。するると、オーナーの晴恵が言った。「森沢さん。せっかくだから、何かひとつ、軽いものを作ってくれないかしら。胃に負担がかからなくて、おいしく召し上がれるようなものを」

オーナーとしては、せっかく来て頂いたのだから、コーヒーだけでなく、何か印象に残るものを出したいと考えたのだろう。ほんの少ししか口をつけて頂けなくても、何か楽しめるものをひとつ、と。

沈みかけていた夏織の心は、そのひとことで、ぱっと晴れた。別のものをお出しできるなら、それはとてもいいことだ。

「はい」と夏織は答えた。「では、しばらくお待ち下さい。別のお皿をお持ち致します」

応接室を出て厨房へ戻る途中で、夏織は頭をフル回転させた。いますぐにお出しできて失礼にならないもので胃に優しいもの。いったい何があるだろう？

果物を切って綺麗に飾る、というアイデアがすぐに浮かんだ。だが、それでは菓子店の

〈おもてなし〉として面白くない。やはり、お菓子絡みの何かでなければ意味がない。甘さ控えめの品で、何かひとつ――。

厨房に戻った頃にはアイデアが固まっていた。

漆谷シェフに断りを入れてから店を出ると、夏織は、ロワゾ・ドールの数軒先にあるリカーショップに飛び込んだ。

夏織が新しい皿を持って応接室に戻ったとき、〈彼〉と晴恵は書類を眺めながら、熱心に打ち合わせをしていた。

やりとりされる会話から、〈彼〉の名前が〈武藤〉であることを夏織は知った。

声をかけ、テーブルに新しい皿を置かせてもらった。

皿の中には、オレンジ色のソースに浸った、真っ白なふわふわの塊があった。その表面には、砕かれたナッツがちりばめられていた。

武藤は皿を見ると不思議そうな顔をした。「これは、いったい……」

「淡雪です」夏織は答えた。「和菓子の〈淡雪〉と違って、寒天は使っていませんが」

「淡雪？」

「卵白を泡立てて、そこに少し砂糖を混ぜます。それをお玉ですくって熱湯の中をくぐらせると、こういうものができあがります。フランスでは、ウフ・ア・ラ・ネージュと呼ばれているお菓子です。砂糖の量を減らして、甘さを控えめにしてみました。ソースも、普通は使わないものに変えています」

ウフ・ア・ラ・ネージュを浮かべるソースは、クレーム・アングレーズやフルーツソースなど、さまざまだ。夏織は、白ワインを混ぜたオレンジ果汁で作っていた。果汁を煮立たせ、白ワインを少し垂らしている。そして、普通は淡雪の上にたっぷりとふりかけるカラメルソースを、今回は省略していた。代わりに、軽く煎《い》ったアーモンドスライスにシナモンシュガーをふりかけて粗く砕き、泡雪の表面にちりばめた。

濃いオレンジ色のソースの上に、純白のメレンゲがふんわりと浮かんだお菓子——武藤のために作られた、オリジナル・レシピのウフ・ア・ラ・ネージュだった。

夏織は言った。「バターも牛乳も小麦粉も使っていませんので、胃にもたれることはないと思います。ソースはオレンジ果汁です。お菓子というより、果物を召し上がって頂く感覚に近いものです」

「卵の白身だけなら、ずいぶん軽そうですね」

「ええ。もし、よろしかったら、ひとくちだけでも」

「ありがとうございます。では、少しだけ」

武藤は興味深そうな眼差しで、スプーンを手に取った。淡雪をひとくち含んだ瞬間、ぱっと表情を明るくした。「あっ。すごい。あっというまに口の中で溶けた」

「お味のほうはいかがですか」

「ソースがオレンジだから爽《さわ》やかです。白ワインを混ぜているところが、なかなか、お洒《しゃ》落《れ》ですね」

武藤は感心したように、何度も泡雪を口へ運んだ。「面白い。こういうものも、お菓子と呼ぶんですか？」

「ええ。ケーキや焼き菓子だけがお菓子ではありません。ウフ・ア・ラ・ネージュは、ご家庭で作ったり、レストランでお料理の最後に楽しんだりするお菓子です。店頭販売には向きませんが」

「そうですか……」武藤は寂しげに目を伏せた。「お菓子の味が、みんな、こんなふうに軽ければいいんだけれどなあ」

武藤の様子に引っかかりを感じながらも、夏織は挨拶をし、応接室から退いた。

厨房へ戻って作業を続けていると、打ち合わせを終えた武藤が、やがて事務室から生菓子売り場へ出てきた。厨房のガラス窓越しに見ていると、武藤は笑顔で売り子たちに頭を下げ、丁寧に扉を開いて店から出て行った。

夏織は、ほっと胸をなで下ろした。

翌朝のミーティングで、ロワゾ・ドールのスタッフは、漆谷シェフから、菓子フェスの話を聞かされた。五月、西宮ガーデンズに出店中のパレドゥースで〈お菓子のフェスティバル〉が開催されること、それに向けて新作の検討が行われること……。

漆谷シェフは張りのある声で告げた。「普段より少し忙しくなりますが、皆、がんばりましょう」

ミーティングが終わって皆が持ち場に散ると、夏織は漆谷シェフから呼び止められた。

「昨日はありがとう。ニシトミの武藤さん、とても喜んでいらしたわ」

「お役に立ててよかったです」

「武藤さん、明後日《あさって》また来られるそうよ。今度は森沢さんも打ち合わせに入って下さいって。パレドゥース用の新作をあなたにお願いしたいんだって」

「えっ」

「あなたのお菓子を、とても気に入って下さったみたい。ロワゾ・ドールの新作を頼みたいそうよ」

「でも、ウフ・ア・ラ・ネージュは店頭で売るのが難しいお菓子です。時間がたつと形が崩れてしまいます」

「あれを作るんじゃなくて、普通のケーキでいいの」

「でも、それはシェフのお仕事では……」

「もちろん、いいものができなければ私が作ることになるわ。別の人に頼むかもしれない。

でも、失敗してもいいから一度やってみたらどうかな。オーナーの了解も取ってあるから」

夏織は漆谷シェフに頭を下げた。「ありがとうございます。では、よろしくお願いします」

打ち合わせの日、夏織は漆谷シェフと一緒に、応接室であらためて武藤と向き合った。女性担当者は今日も来られないとのことだった。スケジュールが遅れ気味で、分担して各店を回っているらしい。

武藤はテーブルに分厚い書類ファイルを置いた。中には菓子フェスに参加する店舗の一覧表と、さまざまなお菓子の写真がはさみ込まれていた。

一覧表を見て、夏織と漆谷シェフは感嘆の息を洩らした。

関西圏外でも名前を知られている有名店が、いくつも参加していた。一方、地元で長年愛されてきた小さな店も、しっかりフォローされていた。このリストを作ったのは、よほどのお菓子好きなのだろう。流行の最先端をゆく店から昔ながらの関西スイーツまで幅広く選び、うまく組み合わせていた。

武藤は言った。「このリストを作ったのが、前からお話ししている女性担当者です。緒方という者ですが、次回は必ず同席させます」

「なるほど。こういう方がおられるなら心強いですね」

「はい。さて、菓子フェスのスケジュールですが、通常、百貨店で開催されるフェスティバルは一週間程度のものです。デパートの催事場を使うので、長い期間を取れません。しかし、パレドゥースは専用の店舗ですから、商品の動き方を見ながら、フェスティバルの内容を微調整できます。今回は一ヶ月の枠を取りました。喫茶部もありますので、うまく回せば相当数が出るでしょう。参加して頂くお店には、日常業務と並行して、かなりの量を作って頂くことになります。負担にならないように、各店の搬入時期を少しずつずらし、お客さまの反応を見ながら在庫を調整して……」

てきぱきと打ち合わせを進めていく武藤の姿に、夏織は不思議な気分を覚えた。個人店が一日で作れる数の上限、何をいつどのぐらいの時間で焼くかというオーブンのスケジュール、人員の割り振り方、搬入・搬出の手続きなど、武藤は驚くほどよく知っていた。

これまで夏織が見てきたのは、お菓子を作るのが好きで好きでたまらないパティシエたちだけだ。四六時中お菓子のことを考え、どうやったらもっとおいしいお菓子を作れるか、どうやったらお客さまの笑顔を見られるか、そういうことが頭から離れない人ばかりだった。

しかし、武藤は違う。

自分ではお菓子を作らない。プロデュースするだけだ。なのに、仕事として扱う手つきそのものは、夏織たちと違わなかった。大切な商品を、どうやってお客さまのところまで届けるか。どうやったら、お客さまに一番喜んでもらえるか。作っている人間と同じ目線で見る。それが結果的に、夏織たちがやっていることと見事に一致する。

お菓子そのものに対する技術や嗜好がなくても、お客さまを大切にしたいという心さえあれば結果は同じになるのだろうか。それがビジネスというもので、職人の世界しか知らない自分には、計り知れない世界があるということなのか。

「……で、どんなお菓子をお願いしたいか、ということですが」武藤はファイルの写真を見せながら言った。「これだけのお店が参加するので、ケーキの種類が、かぶらないようにしたいんです」

漆谷シェフが、うなずいた。「もっともなお話です」

「かといって、各店の目玉商品を、そのまま持ってくるのでは新鮮味に欠けます。本店にはない商品、パレドゥースに来なければ買えない、そういうものが欲しいのです」

「何を作るのか、もう決まっているお店はあるんですか」

「すでにいくつかは。たとえば、チーズケーキはこちらのお店に。フルーツタルトなら、ここがいいと聞いています。生チョコ、ボンボン・ショコラ、マカロン。これも、それぞれに、お願いするお店を検討中です。お店の個性を考慮しながら、こういうものも作って頂ければ――という案を検討して頂く形になるわけですが」

予定と店舗名を見比べながら、夏織は、どの決定も外れがないと感じた。ロワゾ・ドールが何を期待されているのか想像すると、緊張で体がこわばってきた。

武藤は書類から顔をあげると、夏織を見つめながら言った。「ロワゾ・ドールさんの新作は、私からの希望を申し上げてもよろしいでしょうか」

「はい」

「先日頂いたあのお菓子。私は大変気に入りました。あのイメージで作って頂くことはできますか」

「ウフ・ア・ラ・ネージュではなく、ああいうイメージで……ということですね」

「そうです。〈白いお菓子〉がひとつあるといいなと思うんです。もちろん、それだけでは地味過ぎますから、フルーツなどで華やかに飾って下さって構いません。私が望んでいるのは、食べる人を選ばない優しいお菓子です。尖《とが》った個性をうりにするのではなく、どんなお客さまも優しく包み込み、ほっとさせる……。そんなお菓子を希望します。それは、ロワゾ・ドールさんの特徴でもあると思うんです」

その印象は、夏織が、ロワゾ・ドールを就職先に選んだ理由と同じものだった。食べる人を選ばない優しいお菓子。関西スイーツのひとつの理想形だ。

武藤は続けた。「菓子フェスに来られるのは、お菓子を好きなお客さまばかりです。しかし、その方たちと一緒にお菓子を食べる方、その方たちの家族の中には、甘いものが苦手な方もおられるかもしれません。そういう方でも、おいしく召し上がって頂けるようなお菓子がひとつあったら——そういうことを、ふと思いついたんです。私は、この考えを〈お菓子の形〉として見てみたい。いかがでしょうか」

それは、夏織がこれまで持ったことのない発想だった。

胸がどきどきするような課題だった。

武藤は続けた。「もっとも、これは、あくまでもこちらの希望でして。森沢さんのほうに、もっといいアイデアがあれば、それを教えて頂ければ助かります。私どもはお菓子作りについては素人なので、最終的には、職人さんが最もいい形だと思っている商品を売らせて頂く形になりますので……」

「いいえ、いまの進め方で構いません」夏織は軽く頭を下げた。「その案で、ご協力させて頂きます。よろしくお願い致します」

第三話　ブラン・マンジェ

西富百貨店の武藤から「白いお菓子を作って欲しい」と言われたとき、夏織は、何種類かのケーキをすぐに連想した。

生クリームをたっぷり使ったフレジェ、純白のシュガークラフトでくるんだフルーツケーキ、レアチーズケーキ、ホワイトチョコレートでコーティングしたムース、等々。

ただ、武藤からつけられた条件は、「甘いものが苦手なお客さまにも、おいしく召し上がって頂けるもの」だ。表面に生クリームを塗ったものは、たとえ甘さを控えめに作ったとしても、外観から「こってりした甘さ」を連想させるだろう。ましてやシュガークラフトで表面を覆うなど、望むべくもない。

チーズケーキは特定の有名店に頼む予定があると打ち合わせのときに聞かされた。ホワイトチョコレートを使ったものも、「チョコレート」という名前を耳にしただけで、甘いもの好きではないお客さまは、買うのを躊躇《ちゅうちょ》するだろう。

となると……。

菓子フェスが開催されるのは五月だ。

西富百貨店は、ゴールデンウィーク期間中に、本店と各支店で菓子フェアをうつ。催事場を使ったフェアだ。パレドゥースでの菓子フェスは、その期間に合わせて丸一ヶ月。

時期的に、そろそろ暑くなる頃だ。

ぷるんとした食感の、冷たいデザートが恋しくなってくる季節。

とすれば、ブラン・マンジェは、どうだろうか。

牛乳をゼラチンで固めただけのシンプルなお菓子。

ようするにミルクプリン。牛乳ゼリー。

砂糖で甘味をつけ、アーモンドで香りづけをする。お皿に飾る場合には、クレーム・アングレーズをまわりに流したり、果物を添えて華やかに仕上げたりする。ウフ・ア・ラ・ネージュに近い飾り方をするお菓子だが、ゼラチン菓子なので、店頭では、ガラス製の器に詰めて売る形になる。

メインの素材が牛乳なので、甘いものが苦手なお客さまでも、とっつきやすいだろう。べたつくような甘さもないし、果物を添えるのでさっぱりとした口当たりになる。

ただ、シンプルなお菓子なので、他の商品と一緒に並べたとき、どうしても印象が弱くなってしまう。器のデザインを工夫したり、トップに載せる果物に拘ったりしないと、目立たず、他店のお菓子に負けてしまうかもしれない。

甘いものが苦手なお客さまだけでなく、甘いものが好きな方にも買ってもらうのだから、このあたりは工夫がいる。

お菓子の白さを生かし、なおかつ華やかさを演出する……。それには、いくつか方法があった。

ブラン・マンジェの白さと、色鮮やかな果物との配色。

どう見せれば、最も美しいか。

どう見せれば、最もおいしそうに見えるのか。

ブラン・マンジェの作り方は簡単。まず、鍋《なべ》に牛乳とアーモンドを入れ、沸騰直前まで温める。こうやって、牛乳にアーモンドの香りをしっかりと移す。その後、牛乳を布で漉《こ》し、砂糖とゼラチンを加えて溶かす。粗熱をとった後、これを、泡立てた生クリームの中に少しずつ加えていく。それをカップに流し込み、冷蔵庫で固めれば完成。

本当にシンプルなお菓子なので、一緒に添える果物で個性を出すことになる。アーモンドの香りを殺さないように別の香りを足したり、あるいは、アーモンド以外のもので香りをつけたりするのもいい。

生クリームをそのまま牛乳に混ぜるか、少し泡立ててから使うかの違いで、食感を変える方法もある。泡立てないと、つるんとしたゼリーの食感になり、少し泡立てると、ふんわりとした口当たりに変わる。しっかりと泡立ててしまうとババロワに近くなるので、加減が必要だ。

　夏織はガラス製のプリン容器を選び、まず一番基本的なレシピで作ってみた。器に中身を流し込み、冷蔵庫で冷やし固める。仕上げとして、トップに半分に切ったイチゴを置き、ブルーベリーを三粒ほど添えた。最後にミントの葉を挿し、配色のアクセントにした。これが一番オーソドックスな飾り方。

「素朴においしそう」と夏織はつぶやいた。「お店で売るには印象が弱いけれど……」

　次に、カクテルで言えば「プースカフェ」と呼ばれるスタイルで作ってみた。縦長のグラスの中に、ブラン・マンジェと果物とソースを交互に重ねていく。地層のように複数の色が積みあがるので、とても面白い外観になる。流し込みと冷やし固めを交互に繰り返すので、複雑な層を作ろうとすると、完成まで時間がかかるのが難点だ。

「これは、お洒落だけれど、作るのに時間がかかっちゃう。日常業務を、どれぐらい圧迫するか……その時間次第ね」

　次は、小さな器にブラン・マンジェを流し込み、固まったら、ひとまわり大きな器に移して、周囲の隙間《すきま》に果物を詰めてみた。仕上げには、フルーツソースを流し込む。

「プリン・ア・ラ・モード・スタイル。これも華やかで面白い。人の目を惹《ひ》くという意味では、これが一番かな」

　アーモンド以外で牛乳に香りづけをする方法もある。ヘーゼルナッツやコーヒーのリキユールがいい。これなら、牛乳の白さを殺さないで香りだけをつけられる。真っ白なブラン・マンジェが、食べてみるとコーヒーの味がするのは驚きがあって面白い。

だが、もう少し、凝った味も作りたくなった。

ボウルをふたつ用意し、それぞれに冷たいままの牛乳を注いだ。片方のボウルにはミントの葉、もう片方にはサフランを少々加える。

ラップをかけて、ボウルを冷蔵庫に収めた。

二時間ほどたってから取り出すと、爽やかなミントの香りがたつ牛乳と、黄色に染まったサフラン牛乳ができあがっていた。

それぞれを別々の鍋に移し、コンロにかけた。「煮立ててゼラチンを加える……。個性を求めるなら薔薇《ばら》の香りでもいいけれど、薔薇のお菓子というのは、普段あまり食べない方にはハードルが高過ぎるよね」

さまざまなブラン・マンジェを作り、デジタルカメラで写真を撮り、味や風味をすべて記録しておいた。

その中から、これと感じたものを何種類か選んだ。

これでＯＫが出なかったら、また別の種類を作ればいいだろう。

試作品は、まず、漆谷シェフにチェックしてもらった。

漆谷シェフはひとくち食べると、「うん。おいしい。だいぶ、がんばったね」と誉めた。

「ニシトミさんには、このまま見てもらったらいいんじゃないかしら」

「ありがとうございます。では、この形で……」

「先方からアドバイスがあったら、きっちりメモしておいてね」

「あの……これ、やっぱり、どこかに欠点がありますか」

「それは、ニシトミの方に直接教えてもらえばいいんじゃないかな」漆谷シェフは意味深な笑みを浮かべた。「実際にお菓子を買って下さるのは、普通のお客さまだから。お客さまは、職人や百貨店のバイヤーさんとは考え方が違う。違っているのが当たり前。でも、私たちと共通する部分も必ずある。そういうことを、じっくり伺っておくといいと思うわ」

「はい」

「難しいことをクリアするのって、すごく楽しいからね。じゃ、がんばってきて」

試食には、武藤だけでなく女性社員も一緒に来た。ロワゾ・ドールの応接室で顔を合わせると、彼女は夏織に向かって丁寧にお辞儀をして名刺を差し出した。「お世話になります。緒方麗子と申します。他の企画を掛け持ちしておりますので、こちらでは、武藤主任の補佐を務めさせて頂きます。ご相談事がございましたら、何でも遠慮なくお申しつけ下さい」

「森沢夏織と申します。こちらこそ、よろしくお願い致します」

夏織は菓子箱の中から試作品を取り出し、応接室のテーブルに並べた。ふたり分のブラン・マンジェを各一種類ずつ置くと、テーブルは、あっというまにガラス容器でいっぱいになった。

武藤がさっそく訊ねた。「これは、なんというお菓子ですか」

「ブラン・マンジェです」

「材料は？」

「牛乳と生クリームと砂糖とゼラチンです。つまり牛乳ゼリーです。生クリームが入っているので、とても口当たりが滑らかです。材料は、イタリア菓子のパンナ・コッタとほぼ同じ――。ただ、基本の部分で、少し作り方が違います」

夏織は、一番シンプルな飾りつけのカップを武藤に差し出した。

「召し上がって頂ければ、すぐに違いがわかります。パンナ・コッタはバニラの香りがします。生クリームをまったく泡立てないので、ぷるんとした食感が、やや固めに仕上がります。でも、ブラン・マンジェでは、香りづけに使うのはアーモンドです。生クリームを少し泡立てて使うので、ふんわりと滑らかな食感になります」

「中華料理の杏仁豆腐《あんにんどうふ》とは、どこが違うんですか」

「杏仁豆腐は、バニラもアーモンドも使いません。杏《あんず》の種子——杏仁《きょうにん》というものを使いますが、香りだけを移すのではなく、ミキサーで粉砕して牛乳に混ぜてしまいます。工場生産の安い杏仁豆腐は、杏仁ではなく、アーモンド・エッセンスで香りをつけているそうです。匂《にお》いが似ていますので」

「似たようなお菓子でも、国が違うと、少しずつレシピが違うんですね」

「ええ。そういう違いを調べていくと、とても面白いんです。世界中のお菓子を食べたくなっちゃいます」

麗子が、そうそうと相槌《あいづち》を打った。

夏織は続けた。「これはシンプルなお菓子なので、変化をつけるポイントは決まっています。果物の使い方と、本体にどんな風味をつけるか——です。武藤さんから『白いお菓子を』とお願いされていたので、白さを損なわない構成にしてみました。そこに拘らなければ、チョコレートやサフランも使えるんですが」

武藤が訊ねた。「チョコレートを入れると甘くなり過ぎませんか」

「甘味の少ないノワールを使えば大丈夫でしょう。それに、ムースになるほどの量を加えるわけではないので」

「ほんのり、チョコレート風味という感じですかね」

「ええ。香りを強くしたければ、チョコレート・リキュールを使う方法もあります」

「サフランを使うと仰いましたが、あれはパエリアに使うものでは？」

「お菓子に使っても、なかなかいい感じに仕上がりますよ。少量で綺麗な黄色に染まりますし、サフラン特有の香りも移ります。ちょっと、エキゾチックな雰囲気に仕上がりますね。ジャスミンでもいいでしょう。トロピカルフルーツと組み合わせると、面白いかもしれません」

では順番に頂きましょう、と麗子が促した。

牛乳ゼリーという説明で納得したのか、武藤も、ためらいなく容器とスプーンを手に取った。

麗子の反応はビビッドだった。一番オーソドックスなタイプを「ふむふむ」とうれしそうに食べ、プースカフェ・スタイルのものは、スプーンを深く差し入れて一気に中身をすくいあげた。すべての味が調和しているかどうか、確認しているようだった。

一方、武藤は淡々と食べていた。おいしいと喜んでいるというよりも、ああ、これなら自分にも食べられるかな……と、やや冷めた感じで確認しているような印象だった。麗子がすべての容器をからにしていくのと違って、二口三口試しただけで、すぐに別のものに移っていった。

ふたりの反応の違いを、夏織はどきどきしながら見つめていた。

すべてを食べ終えると、麗子は、にこやかに笑みを浮かべながらスプーンを皿に置いた。

「ごちそうさまでした。どれもおいしく頂きました」

「どれが一番でしょうか」と夏織が訊ねると、

「そうですねえ……」と、麗子は、あらためてすべての器を順々に眺めた。「私が気に入ったのは、カップの底に紅茶の層を使ったこれです。ミルクと紅茶の風味が、とてもよく合っていました。トップに置いたオレンジとの相性も抜群です」

それは、ブラン・マンジェの底に紅茶を混ぜた層をひとつ作り、それが冷え固まった後、牛乳と生クリームだけで作った層を足すというスタイルだった。紅茶にはアールグレイを使った。洋菓子によく使われる香りの強い紅茶だ。

「紅茶の層が、器の底じゃなくて、中層や上層にあっても面白いと思いますが……。牛乳との馴染みがよくて、一番お洒落な感じがしますね」

「ありがとうございます。紅茶を使うと、その部分だけブラン・マンジェがベージュ色に染まるので、『白いお菓子』というご依頼から離れてしまうかなと思ったのですが」

「いいえ。そんな細かいことまで気になさらなくて結構ですよ。ねえ、武藤主任」

麗子からの一瞥《いちべつ》を受けた武藤は、うん、まあ、と曖昧《あいまい》な答え方をした。

夏織は武藤に訊ねた。「武藤さんは、いかがでしたか」

「そうですね。私はコーヒー風味が気に入りました。牛乳の白さをまったく損なっていないのに、食べるとコーヒーの香りがする。これは意外性があって面白いです」

「コーヒー・リキュールを使っているんです」

「これなら、男性客でも抵抗なく食べられそうですね」

「ブラン・マンジェを売るなら、種類は三つほどあったほうがいいでしょう。ご要望があれば遠慮なく仰って下さい。他にも、バリエーションを増やしてみますので」

麗子が横から割り込んだ。「これ以外にも、アイデアをお持ちなんですか」

「ええ。菓子フェスまでの時間制限がありますから、無制限に試すわけには参りませんが……」

「だったら、ぜひ！　武藤主任、いかがですか。『白いお菓子』ということに拘らず、さきほど伺った、チョコレートやサフランも試してみては」

武藤は少しだけ眉をひそめた。「おれは、このお菓子の白さをうりにしたいんだが……」

「なぜですか」

「他の店からは、そういうものを出す予定がないだろう。このお菓子の白さは、並べたときに、結構、目立つと思うんだ」

「じゃあ、私が一番だと思った紅茶バージョンのように、下に色の違う層を作るというのはどうですか。これぐらいなら構わないでしょう？」

武藤は、うーんと言ったきり黙り込んだ。

夏織は武藤の拘りを察して、沈黙を守っていた。

やがて、武藤が夏織に訊ねた。「ひとつ、よろしいでしょうか」

「はい」

「私は、ブラン・マンジェというお菓子のことはよく知りません。しかし、牛乳にアーモンドの香りづけをするという――この基本路線を外したら、それは『ブラン・マンジェではなくなる』のではありませんか」

「……そうですね。そういう考え方もできますね。ブランは〈白〉、マンジェは〈食べ物〉という意味で、その白さがブラン・マンジェのうりです。パンナ・コッタは〈煮詰めたクリーム〉という意味ですから、白く作らないレシピもたくさんあります。フルーツの色を生かしたり、チョコレートを混ぜたり。でも、ブラン・マンジェの基本は〈白〉ですね」

「私としては、外見は純白、しかし、食べたときに、その見た目を裏切るような驚きがある――という感じだと、ぐっとくるんですよね。素人考えで恐縮ですが、コーヒー風味を気に入ったのはそのせいです。でも、風味を変えようとして何かを混ぜると、この白さが消えてしまうんですね？」

「ええ。サフランだとほんのり黄色く染まりますし、他のハーブを使っても、香りを抽出するときに少し色づくでしょう。難しいところです」

麗子が言った。「ここで私たちが話し合っても、いいアイデアは出ないんじゃないでしょうか。時間にはまだ余裕があります。森沢さんにはこのまま実作を続けて頂いて、近いうちに、もう一度、試食会をするのはいかがでしょうか」

夏織はうなずいた。「そうして頂けると大変助かります。武藤さんのアイデアを、もう少し煮詰めてみましょう。今日作ったのは一番オーソドックスなスタイルですし、私も、もう少し勉強してみたいので」

「お手数をおかけして恐縮です。森沢さんなら、いくらでも素晴らしいお菓子をお作りになるでしょう。今日頂いた分、本当においしかったです。こういう感じの、優しいお菓子をよろしくお願いします。季節柄、ブラン・マンジェという選択は、とてもいいと思います。他に出す予定のお店もありませんし、私どもとしては大変ありがたいところです。お菓子の種類がかぶると、お店同士の調整に気をつかいますので」

「ありがとうございます。では、もう一度、いろんなものを作ってみます」

「ロワゾ・ドールさんには期待しております。こちらこそ、何卒《なにとぞ》よろしくお願い致します」

武藤と麗子が帰った後、夏織は、ふぅと息を吐いた。

ブラン・マンジェという路線は間違っていなかったらしい。

ただ、武藤は、普通以上のことを望んでいるようだ。

それは、自分ではお菓子を作らない人間の物の見方なのかもしれない。作り方を知らないからこそ、それに囚《とら》われない発想ができるのだろう。自分はダメ出しをされたのではなく、大きなヒントをもらったのだと考えよう……。


ロワゾ・ドールの外へ出ると、麗子は武藤に「珍しいですね」と言った。

「何が」

「武藤さんがお菓子の出来映えに注文をつけるなんて！　明日は絶対に雨が降ります。賭《か》けてもいいですよ」

「別にクレームをつけたわけじゃないよ」武藤は困惑しつつ言った。「あの言い方でも、女の子には、ちょっときつ過ぎるのかな？」

「いいえ。武藤さんが言わなければ、私が切り出すつもりでしたから」

「え？」

「いいお菓子なんですが、インパクトが少し弱いので……」

「インパクト？　味に？　外見に？」

「個々の技術はしっかりしています。武藤さんでも抵抗なく食べられたんですから、こちらの要求には、きちんと応《こた》えて下さっているんですよ。ただ、それが、どこかで足を引っ張っているんじゃないかしら。遠慮しながら作ってらっしゃるような雰囲気がありました。

せっかくの才能が、もったいないと思います」

「うーん。注文をつけずに、自由に作ってもらったほうがよかったのかなあ……」

「そうとも言い切れないでしょう。いまのところ、プリンやゼリーを作る予定のお店はありませんから、うまく宣伝すれば、季節柄、あれは結構はけるでしょう。問題は、どうやって新しさを出してもらうかですね」

「難しい課題になってしまったかな」

「ハードルはあったほうがいいんです。真面目で誠実そうな方でした。次も、きっと新しい課題のために力を尽くして下さるでしょう。この程度のハードルなんて、ものともせずに」

麗子は夏織の実力に期待しているようだった。そこは武藤も同意見だった。

だが、胸の中に不安が広がっていく。

お菓子のことをろくすっぽ知らない自分が、イメージだけで無茶な注文を出してしまったのではないか。

あのお菓子は、とてもシンプルだ。

バリエーションを作るといっても、範囲は限られてしまうだろう。

なのに、今日の話し合いで、さらに厳しく縛りを作ることになってしまった。発言したのは自分だ。むこうはどう思っただろう。さしてお菓子に詳しくもない男が、好き勝手なことを言って菓子屋を困らせている——と、そんなふうに受け取ったのではないか。

いたたまれない気分になった。

——森沢夏織は、おれが食べても抵抗のないお菓子を作ってくれるただひとりの女性だ。その善意と仕事熱心さを、自分は売る側の——いや、個人の判断で踏みつけにしていないか。できもしないことを要求し、苦労の末に作られたものに、無責任な感想を言ってしまったのではないか。まるで、わがままな子供のように。

考えれば考えるほど、胸苦しくなってきた。

その息苦しさは、誰かを好きになり始めたときの、あのもやもやとした感触に少しだけ似ていた。

第四話　ビター・スイーツ

麗子が職場に持ち帰り、「これ、すごくいいですよ」と自信満々で見せてくれたお菓子は、その外見だけで武藤を怯《ひる》ませた。

ガラス容器の中で、一目でチョコレートとわかる焦げ茶色の何かが、クリームと共に層を成していた。トップに飾られた鮮やかな赤い果物は、とろりとした黒い液体——おそらくそれもチョコレートに違いない——に浸っていた。

チョコレートパフェよりはだいぶ小ぶりだが、サイズが小さくても侮れないお菓子はたくさんある。むしろ、サイズが小さいほど激烈に甘いことが少なくない。ここしばらくの経験から、武藤はそれを思い知らされてきた。強烈に甘いからこそ小さくても事足りる、という類《たぐい》のお菓子がこの世には存在するのだ。

武藤は恐々と麗子に訊《たず》ねた。「これ、中身は何？」

「ひとくちどうぞ。人から説明を聞くよりも、食べてみるのが一番ですよ」

「嫌だ。マカロンみたいに激甘だったら、また死ぬ」

「大袈裟《おおげさ》なことを」

麗子は和やかに笑いながら、スプーンと一緒に器を差し出した。

武藤は渋々受け取ったが、しばらくの間、品定めするように、スプーンの先で果物をつついていた。どうしても、そこから先へ手が進まない。

すると麗子が、だめ押しするように言った。「この商品、ロワゾ・ドールのライバルになりますよ」

「えっ？」

「コンセプトが似ているでしょう。材料は違いますが、ロワゾ・ドールの〈白〉に対して、こちらは〈黒〉。お客さまがどちらを気に入るか、とても楽しみですね」

そう言われてしまうと、口にしないわけにはいかなかった。ロワゾ・ドールのブラン・マンジェを推しているのは、他ならぬ武藤自身だ。それに対抗する形で麗子がこれをぶつけるなら、両者を比較する意味で、食べておかねばならない。

武藤はスプーンを深く差し込むと、底からざっくりとすくいあげた。

口に入れた瞬間、チョコレートの甘味と香りが優雅に広がった。が、それはすぐに苦味の強いコーヒーの味と混じり合い、武藤を驚かせた。チョコレートとコーヒーは、お互いがお互いの味を殺さず、別種のおいしさを作り出しながら調和した。コーヒーが醸し出すのは本格的に豆から抽出した奥深い香りと苦味。甘味はあるが大人向けの味。第一印象はそれだった。

加えて、ムースやプリンのような滑らかなお菓子と思っていたのに、舌の上にざらりとした刺激があった。砕いたクッキーのような舌触りだった。食感に変化をつけるための工夫らしい。

食べるたびに、ひとつのイメージが、くっきりと立ち上がってきた。チョコレートの香りをつけた本格的なコーヒーに、香ばしいクッキーを軽く浸して食べているような印象。昼下がり、風通しのいいオープンカフェで、お洒落《しやれ》な雑誌のページをめくりながら一緒に楽しむような——そんな印象のお菓子だった。

武藤の内面を見透かしたように、麗子が言った。「どうです。ちょっと面白いでしょう」

「ああ……」

武藤は認めざるを得なかった。「チョコレートプリンとコーヒープリンが一緒になったような味だ。でも、プリンなのに、ちょっと歯ごたえがある。これが不思議だ」

「イタリアには、ボネっていうお菓子があるんです」麗子がうれしそうに話し始めた。

「砕いたマカロンを混ぜて作るココアプリンです。プリンなのに、ざらっとした食感になるのが特徴です。このお菓子は、たぶん、それを応用したものですね」

「これ、どこの新作?」

「〈フェリス・ビアンカ〉です。菓子フェスに参加して下さるお店ですよ」

「えっ……」

「イタリア菓子のお店なんです。北薗《きたぞの》さんという男性シェフが作ったお菓子で、〈オペラ・フレッド〉という名前がついています。フランス菓子のチョコレートケーキ――つまりオペラをモデルに、イタリア風に創作したようですね。この名前は〈冷たいオペラ〉という意味です。その名の通り、ひんやりと冷やして頂くお菓子です」

「どうやって作っているの？」

「チョコレートとコーヒーのムースを交互に重ねています。フランス菓子のオペラでは、チョコレートのガナッシュとコーヒーを染みこませたジョコンドという生地を重ねますが、このお菓子では、ジョコンドの代わりにアマレッティを使っているんです」

「何それ」

「マカロンの原型と言われているクッキーです。フランスのお料理は、イタリアのメディチ家の令嬢がフランスの王侯貴族に輿入《こしい》れしたとき、その製法が伝わって生まれたものです。イタリアの料理人を一緒にフランスへ連れていったので、料理法がそのまま伝わったんですね。お菓子の作り方も、そのとき一緒に持ち込まれました。フランス料理のベースになったのは、イタリア料理なんですよ。その後、フランス料理は独自の形で洗練されていって、イタリア料理とは全然違う方向へ進みました」

「へぇ」

「ジョコンドもアマレッティも、生地にアーモンドプードルを使います。卵の黄身を使わず、卵白だけ使うところも同じです。ところが、ジョコンドは柔らかく、アマレッティは固く焼く。材料が同じですから、味そのものは似てるんですけどね。北薗シェフは、その共通性に注目したんでしょう。とても面白いアイデアですね」

武藤は唸《うな》り声を洩《も》らした。ひんやり、ぷるんとした食感を楽しむという意味で、このオペラ・フレッドは、確かにブラン・マンジェと似ている。

それだけでなく、味の強さがうりになっている。

穏やかで癖のないブラン・マンジェの味を武藤は好きだが、本当のお菓子好きなら、チョコレートとコーヒーの個性で押してくるオペラ・フレッドを気に入るのではないか。ふたつ並べたとき、ロワゾ・ドールは、フェリス・ビアンカの引き立て役になってしまうのではないか。

「困ったな」武藤はぼそりとつぶやいた。「このお菓子はもう決定なのかい？　北薗シェフは、何か他にも用意していないの？」

麗子は目を丸くした。「これをあきらめて下さいってシェフに言えるんですか、武藤さんは」

「言えんよなあ、やっぱり……」

「でしょう？　となれば、ロワゾ・ドールの森沢さんに、もっとがんばって頂くしかありません。ただし、武藤さんが注目していたコーヒー・リキュールのブラン・マンジェは、候補から外れることになりますね。オペラ・フレッドのうりはチョコレートとコーヒーの調和ですから、それとかぶったらまずいでしょう」

武藤は再び唸り声を洩らした。これでは、ますます森沢夏織を追い詰めることになってしまう。

麗子は武藤に訊ねた。「何か問題があるんですか」

「いや、もしかしたら、ロワゾ・ドールさんには、別のお菓子をお願いしたほうがいいのかなと思って」

「ブラン・マンジェを作って下さいとお願いしたのは、武藤さんですよ」

「こんなのが対抗馬で出てくるなんて、想像もしなかったんだよ！」

「つまり武藤さんは、森沢さんが、このお菓子に勝てないと思ってらっしゃるんですね。タイにすら持ち込めないと」

「個人的な好みで言うなら、おれは森沢さんのお菓子のほうが好きだ。インパクトがないと言われても、個性がないと言われても、あのお菓子はとても優しい。それだけで価値があると思う。だが、オペラ・フレッドは出せば必ず売れるだろう。お菓子好きが大喜びするに違いない。そういう華やかさのせいで、森沢さんの努力が無駄になることは避けたい。お菓子の種類を変えてもらうことで衝突を回避できるなら、そのほうがいいじゃないか」

「それで、森沢さんが納得するでしょうか」

「何だって？」

「とりあえず、もう一回待ってみましょうよ。いま新しい注文を出したら、森沢さんだって混乱しちゃいます。私たちはあくまでも企画を立てる側です。どんなお菓子を素晴らしいと思うかは、基本、職人さんに任せるべきなんです。このまま何も提案しないで、もう一回見ましょうよ。それが、オペラ・フレッドと並べるにはあまりにもちょっと、となったら、別のお菓子をお願いすればいい。ま、私は、そうならないと思いますけどね」

「その自信はどこから来るんだよ」

「勘ですよ、勘。お菓子好きとして、これはいい勝負になるはずだという予感があるんです」


一日の仕事が終わり、西富百貨店の外へ出た武藤は、悶々《もんもん》としながら街を歩いた。

自分の好みに拘《こだわ》ったせいで、ロワゾ・ドールに負担をかけることになったのではないか、森沢夏織を困らせているのではないか、そんな想《おも》いが、重荷となって背中にのしかかってきた。

そもそもは、部下のお菓子嫌いを知っていて、わざと菓子フェス企画をふってきた鷹岡部長が悪い。いや、悪いと言えば、それを断らなかった自分も悪い。元はと言えば、甘いものを大嫌いな自分が悪い。

と考えるのは、あまりにも後ろ向き過ぎる。人間にはお菓子を嫌う権利だってある。世の中の人間すべてが甘いもの好きだと断定するように、遠慮なく、際限なく繰り返されるお菓子のコマーシャル。お菓子の特番。雑誌のお菓子特集。あれこそ考え直されるべきではないのか——なんて言うべきじゃないな。すでに菓子フェスの担当主任となっているおれが。

自分が甘いもの嫌いになった理由を、武藤は誰にも話したことがない。プライベートな事柄であるうえに、一言で「これだ」と言える内容ではないからだ。

しかし、始まりの出来事だけは、よく覚えている。

十歳頃の話だ。

子供時代、武藤は夏休みになると、田舎の祖父母の家へよく遊びに行った。一週間ばかり泊まって、セミ採りやザリガニ採りに熱中した。近くに住んでいる従兄弟《いとこ》たちと一緒に、空に星が見え始める時刻まで駆け回って遊んだ。田んぼや畑以外に何もない土地だったが、山も川も、子供たちにとっては宝物に満ちていた。いくら遊んでも飽きることはなかった。祖母はいつも、手料理で武藤と両親をもてなしてくれた。おやつには、畑からひょいと採ってきたトウモロコシを焼いたり、都会のスーパーマーケットでは見かけないような巨大なスイカを切り分けてくれたりした。

それらと共に、この地方に来ると、必ずテーブルに載るお菓子があった。〈上吉饅頭《じようきち》〉という名の地方菓子だった。あんこを白い皮でくるんだ上用饅頭に近く、あんこの種類が豊富なのが特徴。こしあん、つぶあん、柚《ゆず》あん、味噌あん、抹茶あん、杏《あんず》あん、白花豆あん、黒豆あん、黒糖あん、コーヒーあん、この十種類が、箱の中にずらりと並んでいた。

こんなに種類が多いのは、目を瞑《つむ》って饅頭を手に取り、何が当たったかで、おみくじのように運勢を決める遊びが、この地方に古くからあるからだ。

饅頭そのものに、「大吉」「小吉」といった具合に焼き印が押されているわけではない。子供から大人まで皆この遊びのルールを心得ていた。ちなみに「外れ」は存在しない。《こしあんが出れば「大吉」》《黒豆あんが出れば「近くお金が入る」》などの決め事があり、どの饅頭もおいしく頂くことが前提となっている、洒落っ気に満ちた遊びなのである。

武藤は、従兄弟たちと一緒によくこの遊びに興じた。饅頭のサイズは小さく、育ち盛りの子供にとって、一度に五個や六個は平気で食べられた。この和菓子の素朴な甘味を、武藤は、ある時点まではまったく平気だった。

それが、ある夏の日を境に、完全に変わった。

その年の夏休み、従兄弟の家で出された上吉饅頭を見た武藤は目を瞬かせた。

これまでは柔らかい和紙で包まれていた饅頭が、ビニール袋による個別包装に変わっていた。しかも、あんの種類が倍になっていた。カスタードクリームだの、イチゴジャムだの、チョコレートクリームだの、「それは〈あんこ〉ではないだろう！」と言いたくなるものが、饅頭の中身として加わっていた。明太子《めんたいこ》あん、などというものまであった。大人が酒のあてにしそうな饅頭だった。

去年の冬からこれが新発売になったのだ、と、従兄弟は武藤に教えてくれた。饅頭を作っている〈菓子屋上吉〉は、少し前から隣町に工場を建設中だった。それが昨年から、本店と共に稼働し始めたのだという。この新しいタイプの饅頭は、新工場で作られたものだった。

大きな本屋へ行くとお菓子の雑誌がたくさんあるが、それに記事が載ると、無名のお菓子でも、ある日突然売れ始めることがある。二年前、上吉饅頭は、この雑誌で取りあげられた。

スイーツブームの頃だった。

もっとも、ブームの主流は洋菓子で、和菓子はそれほど注目されていたわけではない。だが、書きようによっては面白くなるはずだと直観したライターは、和菓子の特集を組み、地方の珍しい菓子として上吉饅頭を紹介した。その遊び方と共に。

結果、上吉饅頭は、ちょっとした話題になったらしい。どこへ行ったら買えるのか、通販はないのか、という問い合わせが、菓子屋上吉に入るようになった。

菓子屋上吉の社長は、通信販売には疎い人だった。システム作りは若い社員に任せて、数量限定で通販を始めた。月に二十箱も売れればいいほうだろうと、呑気《のんき》な気持ちで。

ところが、数量限定という方法が、逆に客の購買意欲に火をつけてしまった。「地方にしかないお菓子」「限定二十箱なのですぐに売り切れてしまう」「おみくじみたいに使えるので、友達とのパーティーに最高！」などという情報があっというまに広がり、注文が押し寄せた。

隣町に新工場を出すという話が出たのは、この頃だった。倒産した食品加工会社を大急ぎで改装し、和菓子工場に変えた。居抜きだからできた早業だった。

新工場で手がけている商品は、いい勢いで売れているという話だった。本店は従来の商品だけを作っていたが、実は、売り切れるのは本店のほうが早かった。都会の人たちが、「こちらのほうが本家」と言って、本店の商品を山のように買っていったからだ。なので最近は、地元の人間でも、本店の商品を買えなくなっているとのことだった。

地方菓子なのに地元民が食べられないのはおかしい。武藤はちょっと白けた。大きな工場で作った饅頭は、箱も明るい色に変わり、ビニール袋による個別包装も今風で綺麗《きれい》だったが、饅頭を包んでいたあの柔らかい和紙の感触、紙の匂《にお》い、糊《のり》を剝《は》がして包みを開くときの、あのわくわくするような気持ちがもう味わえないのは、大いに残念だった。

それでも上吉饅頭であることに違いはない。武藤は従兄弟たちと一緒に、いつものように饅頭を食べ、麦茶を飲み、夕方までまた外で遊び、夕餉《ゆうげ》の頃には家に戻ってきた。

その夜、子供たち全員を悲劇が襲った。

食中毒だった。

単にお腹《なか》が痛いという程度ではなく、嘔吐《おうと》、高熱、脱水症状が子供たちを翻弄《ほんろう》した。武藤も例外ではなかった。中毒の程度が激しいため、子供たちは救急車で大きな病院へ運ばれた。担ぎ込まれた病院では、他にも大勢の食中毒患者がいた。子供が多かったが、大人もいた。どうやら集団食中毒が発生したようだった。保健所の調査で、中毒の原因が絞られ始めた。

元凶は、上吉饅頭だった。

新しい工場で作られた、あのぴかぴかの清潔そうな饅頭の中で、恐ろしい病原菌が繁殖していたのだ。

食中毒を起こす菌の中には、通性嫌気性細菌と呼ばれるものがいる。空気がある場所でも空気がない場所でも自由に繁殖する細菌だ。サルモネラ菌がその代表格である。ビニール袋で密閉された、本来ならばとても清潔であるはずの環境が、この細菌にとっては何の障害にもならない。夏場の温度も大繁殖に影響したらしい。

武藤は従兄弟たちと一緒に、しばらく入院する羽目に陥った。ひっきりなしに起きる下痢、激しい吐き気、腹痛、しまいには頭痛までして、天井がぐるぐると回り出す苦しみを味わった。点滴のために刺された針は太く痛く、動くと液が洩れ、腕が腫《は》れた。

饅頭を数個食べただけで、なぜ、こんなつらい目に遭わねばならないのか。

武藤はベッドの上でのたうち回りながら、上吉饅頭を恨んだ。体格がいいわりに武藤は胃腸が弱く、従兄弟たちよりも症状が長引いた。なかなか普通食に戻れなかった。退院までの日数も、人より余計にかかった。入院生活で夏休みが潰《つぶ》れていくのを、武藤は涙をのんで耐えねばならなかった。

保健所の調査で、新工場の態勢に、いろいろと不備があったとわかった。大量発注への対応で、現場が多忙を極め、雑な衛生管理になったこと。カスタードクリームや明太子など、従来使っていなかった素材を使い始めたにもかかわらず、この管理が徹底されていなかったこと。特に、カスタードクリームは夏場の扱いが難しいのだが、洋菓子店での経験がなかった社長は、これを甘く見ていた。スイーツブームに合わせて、なるべく上質なカスタードクリームを使おうとしたのだが、上質なものほど傷むのも早いということを、知識の上では知っていたがうまく管理できなかった。

嵐《あらし》に翻弄されるような闘病生活が過ぎ、無事退院したときの武藤は、すっかり気落ちしていた。病気は治ったものの体はだるく、夏休みは終わりに近づき、手つかずの宿題が山積みになっていた。

大人たちから聞いた話では、上吉饅頭は新しい工場を閉め、本店のみの経営に戻ったとのことだった。食中毒騒ぎで受注が途絶えたせいだが、もともと、貪欲《どんよく》に儲《もう》けようと思って大きくした会社ではない。社長は、さっぱりしたものだった。本店で、昔ながらの、和紙に包んだ上吉饅頭を再び売り始めていた。

地元の人たちも、「上吉は、やっぱりこれに限るわ」と喜び、一時期は営業停止となっていた本店の再開を歓迎した。食中毒事件のとき、社長が自ら丁寧にお詫《わ》びに回り、治療費を全額立て替えたことが好印象を生んだらしい。地元住民から見れば昔ながらの仲間である。地域は彼の失敗を鷹揚《おうよう》に許した。死者が出なかったことも幸いした。消費者からの糾弾で会社が潰れるような不幸を、上吉饅頭は何とか回避した。都会の人間たちは、上吉饅頭などこの世に存在しなかったかのように、別の新しいお菓子を追いかけていった。

武藤だけが、釈然としない気持ちのまま、周囲の状況から取り残された。

お菓子への楽しい想いが一瞬で破壊されたあの恐ろしい瞬間――。忘れようと思っても、忘れられるものではなかった。

以後、武藤は上吉饅頭を食べられなくなった。頭では安全だとわかっていても、体が拒否するのだ。そういう形で甘いものから離れてしまうと、もともと、さほど愛着があったわけでもないので、他のお菓子への関心も薄れた。そうこうしているうちに中学生になった。

武藤の母親は「あんたは神経質やねぇ」と笑いながら、ある日、「シュークリームぐらいなら大丈夫でしょう」「ほら、久しぶりに食べてみ」と言って、スーパーマーケットで買ってきたシュークリームを皿に載せた。

たっぷりとクリームが詰め込まれた、とてつもなく大きく、甘いお菓子だった。それでも、久しぶりに食べたお菓子は、ちょっと懐かしい味がした。自分が意外と甘いものを欲していたことに気づき、武藤は照れくさいような気分になった。また、ちょっとずつ食べてみようかな——そんなことを考えたが、幸せな気分に浸れたのは、ほんの一瞬のことだった。

その夜、武藤は再び胃腸炎でダウンした。

また甘いもので……！　と恐怖に打ちのめされたが、今度の原因はお菓子ではなかった。

シュークリームを食べた日、夕食のテーブルに並んでいた生牡蠣《なまがき》のせいだった。

広島の親戚《しんせき》が送ってきた殻つきの牡蠣。こういうのはフライにするのはもったいない、レモンを搾って生で食べるのが一番だと、武藤の父親は大喜びした。

武藤も同じやり方で食べてみた。もう中学生になっていたので、生牡蠣ぐらい平気だろうと考えたのだ。実際、新鮮な生牡蠣は、口の中がとろけるようなうまさだった。ほんのりと甘味を含んだ身が、つるりと喉《のど》を落ちていくときの感触は格別だった。ひとつだけでは物足りなかった。三つ、四つと、夢中で食べた。

生食用の牡蠣は菌やウイルスのチェックを厳しく行うので、普通、食中毒を起こすことはない。

だから、一緒に食べた父親や母親は発症しなかった。理不尽にも武藤だけがダウンした。どうやら武藤の胃腸の弱さは体質的なもので、ちょっとした刺激で、すぐにトラブルが起きてしまうようだった。

シュークリームによる胸焼けと牡蠣中毒による気分の悪さがごちゃごちゃになった状態で、武藤はベッドの上でうんうんと唸り続けた。甘いものにあたったわけではないのだが、直前に食べたものと生牡蠣が胃の中で混じり合った結果、最悪の気分を作り出していた。

これ以降、武藤は、ますます甘いものを食べられなくなった。

お菓子など食べなくても死ぬわけではない。武藤は甘いものと縁を切った。精神に負担をかけてまで食べるものではない。食べるたびに嫌なことを思い出すぐらいなら、最初から接触しないほうがずっといい。

バレンタインデーに女の子からもらった手作りチョコレートすら、武藤は食べなかった。それをくれた女の子に興味がなかったせいもあるが――武藤には、他に胸をときめかせる女子がいた。結局、自分の想いを打ち明けることはなかったが――派手にデコレーションされたチョコレートを見た瞬間、愛情というよりも、怒濤《どとう》のように押し寄せてくる情念のようなものを感じて、それに気圧《けお》されてしまったのだ。もちろん、その後、その女の子とつき合うこともなかった。

いま振り返ってみれば、あまりにも冷たい態度だったと武藤は思う。自分がもし甘いものを好きだったら、あの派手なチョコレートだっておいしそうに見えたのではないか。全部食べてみれば、意外な発見があったのではないか。あのチョコレートの中に何が入っていたのか、武藤はそれすら知らない。アーモンドやキャラメルのプラリネが、武藤に食べてもらうためだけに、ただひたすら待ち続けていただろうに、彼はとうとう一粒もそれを口にしなかった。

チョコレートの件とは無関係に、つき合ってみれば素敵な女の子だったかもしれない。だが、当時の武藤には、そこまでの心の余裕はなかった。つまり子供だったのだ。スポーツが得意で体は大きくても、心は子供だった。

しばらくたった頃、武藤がチョコレートを食べなかったことを、どこからともなく聞きつけた男子と、当の女子の友人たちがなじるようになった。当人たちは遊び半分、からかうような調子で言っただけだったが、かっとなった武藤が、「うるさい！」と本気で怒ったことで、双方の感情がこじれた。ふざけてじゃれ合っていたのが、突然、本当の言い争いになってしまった。

甘いものを嫌いなだけで、なぜ、ここまで非道な人間であるように言われねばならないのか。その理不尽さに武藤は心底腹を立てた。生涯甘いものなど食べない、とあらためて誓った。人から勧められても断った。甘いものを目にすると、嫌なことばかり思い出すからだ。

食中毒の経験、大人社会の複雑さ、人間関係のこじれ。どれも、すっぱりと解決することのない、もやもやしたものを内包している。それらへの明快な答を、武藤は未だに得られずにいる。

だが、森沢夏織のお菓子には、その答があるような気がしていた。

この感覚は正しいはずだと、武藤は信じていた。

第五話　恭也帰る

しばらく雨が続いた後、ようやく晴れあがった影響か、ロワゾ・ドールは数日間忙しい日が続いた。

桜色のマカロンやフルーツロールが飛ぶように売れた。ショコラ・ド・ルイから届いた新作は、ガナッシュにチェリー・ブランデーを使ったボンボン・ショコラだった。

夕刻の閉店間際、夏織は、ボンボン・ショコラのケースに残っていた商品を、いくつか自費で買った。幸いにも、新作が一個だけ残っていた。更衣室にショコラの箱を置きに行ったときに、夏織は新作をひとつ食べてみた。

チェリー・ブランデーを含ませたガナッシュに、アーモンド・ペーストが練り込まれていた。ブランデーの甘味とアーモンドの香ばしさの取り合わせが絶妙だった。コーティング用のショコラとも滑らかに調和し、うっとりするほどのおいしさだった。

長峰シェフはショコラの魔術師だ。掌《てのひら》に乗るほどの小さなお菓子の中に、次から次へと新しい世界を作り出す。新鮮でありながら、どこか懐かしさも感じさせる素敵な味を——。

どこまで行ってもこの人の才能には追いつけないだろう。夏織は、あらためて尊敬と畏《い》怖《ふ》を抱いた。

更衣室から厨房《ちゅうぼう》へ戻ったとき、店の扉をあけて入ってきたお客の姿が、厨房のガラス窓越しに見えた。

三十代ぐらいの背の高い男性だった。

もう閉店の札を下げているはずなのに――と思った夏織は、相手の顔を見た瞬間「あっ」と声をあげそうになった。

相手は、こちらの反応にすぐに気づいた。軽く片手をあげ、微笑を浮かべた。

夏織は仕込み作業を中断すると、厨房を飛び出し、売り場へ向かった。

ショーケースの前に、市川恭也が立っていた。初めて会った日のように、黒っぽい色のコートを着て、細身のパンツを穿《は》いて。

恭也はまるで昨日まで一緒に働いていたような自然さで、「やあ、久しぶり」と言った。

「いつ、こちらへ」夏織は胸の高鳴りを抑えながら訊ねた。「出張の途中ですか。何か新しい食材を探して？」

「いや。東京の店を退職したから、こっちへ戻ってきた」

夏織は目を丸くした。「本当ですか」

「そろそろ、関西で自分の店を出そうと思ってね」

「じゃあ、これから不動産屋さん巡りですか」

「場所はもう決めているよ。あとは、いつ開店するかということだけ」

「すごい！」

恭也は微笑を浮かべながら、ショーケースの中をのぞき込んだ。「相変わらずおいしそうだね。この残っている分、一種類ずつ全部もらえるかな？」

夏織は懐かしさに顔を綻《ほころ》ばせた。「また、いつかみたいな食べ方をなさるんですか」

「関西スイーツは久しぶりだから。それに、この中には、森沢さんが作ったお菓子もあるんだろう」

「はい」

「どれぐらい腕をあげたか、楽しみだよ」

恭也はガラス窓越しに、漆谷シェフや厨房スタッフにも頭を下げた。皆が手を止めて売り場まで出てくると、「仕込み中なのに申し訳ない」とか「すぐに帰りますから」とか「また、いずれゆっくりと……」と丁寧に告げた。今日はこのままホテルに直行して、買ったケーキを食べるのだと言う。

ケーキの箱を受け取ると、恭也は「皆の邪魔になっちゃいけないから」と言って、早々と店の外へ出た。夏織だけが外へ見送りに出た。「それじゃあ、また近いうちに、皆でお食事でも」

「うん。まあ、それとは別に、森沢さんと話したいこともあるから、どこかで日をあけておいてくれる？」

「え……」

「僕が出すお店のことで。今日ここへ来たのは、それを伝えるため」

「私でお役に立てることでしょうか」

「立つ立つ。森沢さんはもう一人前の職人だから、そのつもりで聞いて欲しいんだ」

「わかりました」

恭也はポケットからメモ用紙を出し、夏織に手渡した。携帯電話の番号が書かれていた。

「今日でも明日でも、都合のいいときに電話をくれないかな。僕は当分このあたりにいるから、森沢さんの都合に合わせていいよ」


恭也が「おいしい豆腐料理を食べたい」と言ったので、夏織は三宮の浜側にある豆腐料理専門店に予約を入れておいた。

ランチは、豆腐料理に鶏《とり》のささ身や生麩《なまふ》田楽《でんがく》が添えられた上品な作りだった。デザートに玉露アイスが出てくるというので、これに決めた。

駅前で待ち合わせ、三宮に遊びに来た人でいっぱいのフラワーロードを一緒に歩いた。店に入り、料理を待つ間に、恭也は話を切り出した。

「こちらで店を出すからにはスタッフがいる。しっかりした技術を持った人で固めたい。森沢さんの知り合いで転職を希望している職人さんはいない？　若くて、やる気のある人がいいんだ」

「お話って、そのことですか」

「そうだよ」

わずかでもロマンチックな想像をした自分が恥ずかしくなった。自分はいつまでも恭也の弟子扱いで、それ以上の何かが生じることはないのだろうか……。

が、ふと、あることに気づき、思い切って口にした。「私でも、よろしいでしょうか」

「ん？」

「あれから五年たちました。私も、ロワゾ・ドールで新作を作らせてもらえるようになりました。ロワゾ・ドールを退職して恭也さんのお店に勤める——というのはどうでしょうか」

「なるほど。それもひとつの方法だね」

五年前、恭也は夏織に向かって言った。君には君の〈職人としての道〉がある、だからそちらを進めと。

だが、夏織はそのとき、初めて恭也の意思に逆らった。何でも「はい」と答え、忠実に技術を学んできた相手に対して、一度だけその言葉を受け入れなかった。

積極的に反抗したわけではない。返事を保留にしただけだ。それでも夏織が、初めて自分の意思を優先した瞬間だった。

　いま自分たちが話している事柄は、あのときの続きなのだと夏織は感じた。五年前、自分はただの見習いだったので、何も言えなかった。でも、いまの自分ならもう言ってもいいはず。言えるだけの職人になっているはず。

　恭也は続けた。「――ただ、漆谷シェフは、森沢さんを引き留めるんじゃないかな。ロワゾ・ドールは相変わらず繁盛しているようだし、あのお店としては、中堅職人に抜けられるのは痛いんじゃないの」

　そう言われるとつらかった。ここまで自分を育ててくれたのは、確かにロワゾ・ドール。でも、新しい職場で新しいことをしてみたい……。そんな気持ちも強くある。

　かつて、吉野《よしの》スーシェフが退職していったときのように――自分の中にも、外の世界で何かをしたいという気持ちがある。西富百貨店からの依頼を断らなかったのも、そんな気持ちと、どこかでつながっている。

「まあ、それについては、ゆっくり考えよう。来てもらうにしても、森沢さんひとりでは足りない。たくさん人手がいる。集めるのに協力してよ」

「それは、もちろん……」

「ところで森沢さんは、いま、菓子フェス用に新作を担当しているんだってね」

「どうしてご存知《ぞんじ》なんですか」

「漆谷シェフから聞かされた。いろいろ試行錯誤しているみたいですよ、って」

「あの、もしかして、今日ここに呼んで下さったのは――」

「うん。そちらの件もある。僕とお喋《しゃべ》りすることで、森沢さんが何かヒントを見つけられたらいいなと思ってね」

漆谷シェフの気づかいに、夏織は心の中で頭を下げた。そして、それに快く応じてくれた恭也にも。

「ブラン・マンジェを出すんだってね。それは森沢さんの選択なの？」

「いいえ。ニシトミの担当さんが、ぜひ、これでお願いしたいと」

「なるほど。普通は菓子フェスで、こんなシンプルなお菓子を出そうとは考えないよね。その担当さんは、ものすごくお菓子に詳しい人なのかな。ちょっと、玄人受けするところを狙《ねら》っているとか？」

「いえ、そうじゃなくて、甘いものをあまり召し上がらない方のためのお菓子、というコンセプトなんです」

夏織は事情をかいつまんで話した。菓子フェスに来るのはお菓子好きだが、その人と一緒に食べる家族も同じように甘いもの好きとは限らない。人を選ばずに楽しんでもらえるお菓子をひとつ出せないか――。西富百貨店の担当者は、そう考えているのだという話をした。

「なるほど、それでブラン・マンジェか」恭也は楽しそうな声をあげた。「で、アイデアはもう固まっているの？」

「ある程度までは」

ランチが運ばれてきたので、ふたりは箸《はし》を手に取り、小鉢に並んだ豆腐料理をつつき始めた。

「ブラン・マンジェって、お豆腐の料理と似ていますね」と夏織は言った。もしかしたら、恭也がこの店を望んだのは、自分にヒントをくれるためだったのかも……と思いながら。

「お豆腐っていうシンプルな素材があって、これにどう味をつけて、どんな香りをつけるか――。選び方によって、全然、違う料理に変わってしまいます。もちろん、その形も。冷や奴、湯豆腐、豆乳煮、豆腐のステーキ、アイスクリーム……」

「そうだね。確かに、ちょっと似ているな」

「ニシトミさんからは、ひとつ、大きな要望を頂いています。ブラン・マンジェの色を変えないで下さい――って。白さを損なわず、風味だけを変える必要があるんです」

「じゃあ、方法は限られるね」

「はい。リキュールを少し加えて、味と香りをつける――これが一番いいでしょうね。ブラン・マンジェに変化をつける方法は、ソースを工夫するか、本体の風味を変えるか、この二通りしかありません。ただ、じゃあどんなリキュールを選ぶのか——というところで、ちょっと行き詰まってしまって」

「日本で入手できるリキュールは、いま五百種類ぐらいあるよ。薬酒のように癖の強いものを外しても、かなりの数になるね」

「お菓子に使う定番リキュールは限られています。でも、定番を使うだけでは、新鮮味に欠けてしまいます。それで、いくつか方法を考えたんですが……」

「どんなこと?」

「まず、一種類だけの商品で勝負するという方法は取らない。三種類ほど作って、お客さまが好きなものを選べる方式にします」

「三種類の内訳は」

「ブラン・マンジェの材料は牛乳と生クリームですから、これと相性がいいのは、まず、コーヒー、紅茶、チョコレート。冷やして食べるお菓子ですから、果物は何でも合いそうです。好き嫌いの少ない柑橘《かんきつ》類、ベリー類、桃や杏を選んで……。あと一種類は、本来のレシピのままでもいいかなと。オーソドックスなブラン・マンジェを食べたいお客さまもいると思うので」

「その三つとも、果物を組み合わせる?」

「基本はその線で。ただ、定番リキュールを使うだけでは面白くありませんから、リキュールをミックスしたらいいんじゃないかな……と思ったり」

「混ぜる？」

「フルーツ系のリキュールで、複数の果物から成分を抽出しているものがあるでしょう。カシス&クランベリーとか。だから、単独で使うんじゃなくて、複数のリキュールを混ぜ合わせたら、まったく新しい印象が生まれるかも。ショコラティエはボンボン・ショコラを作るとき、違う種類のチョコレートを何種類もブレンドするでしょう？　あれと同じことが、リキュールでもできるんじゃないかなって。ベースになるリキュールを一種類選んで、それにほんの少しだけ他のものを足す。嫌味にならないように。でも……」

「何か問題があるのかい」

「組み合わせ方の見当がつかないんです！　試行錯誤するには、あまりにもリキュールの種類が多過ぎて……。どこから手をつければいいのか、さっぱりわかりません。配合量もわからないし。試食の締め切りまで、日が迫っているのに——」

「なるほどねえ」

恭也と話しながら食べ続けていた料理は、そろそろ小鉢から消えつつあった。

玉露のアイスクリームは、クリームの甘さとお茶のほろ苦さが調和して、とてもおいしく仕上がっていた。

恭也は満足げにアイスクリームを食べながら言った。「リキュールの配合には、いいお手本があるよ。長い年月を経て世界中で愛されてきた配合が、一瞬でわかる方法がある」

「そんな便利なものがどこに？」

「カクテルのレシピを参考にするんだよ」

夏織は「あっ」と声をあげた。「確かにその通りですね。カクテルのレシピに、お菓子にも使える組み合わせがあるかも……」

「森沢さんは、カクテルをよく飲むの？」

「いえ、それほどは。リキュールの種類も製菓用のものを考えていたので、お酒としての飲み方には頭が回らなかったぐらいです」

「だったら、おいしいカクテルを出してくれるバーへ行ってみよう。お酒自体は好き？たくさん飲める？」

「はい、それは大丈夫です」

「本当に？　意外な気がするけれど」

「実は私、少し前から、洋酒を使うお菓子に興味を持っていて」

「へえ」

「ロワゾ・ドールは誰でも食べられるお菓子をめざしているから、洋酒をほとんど使わないでしょう？　子供でも安心して食べられるようにって。でも、ショコラ・ド・ルイのショコラを食べるようになってから、少し考え方が変わりました」

「そうなの？」

「長峰シェフって、洋酒の入ったボンボン・ショコラを作るのがとてもお上手でしょう。ルイのシェフを決める試食会でショコラを頂いたときには、そうでもなかったんですが……。わからないなりに、何か心の隅に引っかかるものがあって……。だから、ルイが開店してからは、積極的に食べるようにしていたんです。そうしたら――」

「だんだんよさがわかってきた」

「舌が変わってきたのかも。ワインを使ったゼリーやソース、ブランデーをたっぷり使ったフルーツケーキ……。そういうものを作りたくなって、いまは家で練習しています」

「面白いねえ！」恭也はうれしそうに目を細めた。「真面目《まじめ》な森沢さんがお酒を好きになったというのは、すごくいい感じだな」

「まだ、好きというほどには……。男の人みたいに、がぶがぶ飲めませんし」

「お酒は、がぶ飲みすればいいってもんじゃないよ。そうだねえ。バーテンダーに気軽に相談できるような店を、ちょっと調べてみるか」

恭也は電話をかけてくると言って席を立ち、レジの前を通って外へ出た。

しばらくして戻ってくると、夏織に言った。

「長峰シェフに訊ねたら、いいお店を教えてくれたよ。リキュールを、たくさん置いているそうだ。女性客が多いから、お菓子に使えそうな甘いリキュールもたくさんあるって。

夜になったら行ってみよう」

夕方までの時間を夏織は恭也と一緒に潰した。デパートのスイーツコーナーを観察し、チョコレート専門店をのぞき、ケーキがおいしいと評判の新しいパティスリーでお茶を飲んだ。

夕刻、ふたりは、長峰シェフに教えてもらったカクテルバーへ向かった。

カクテルバー〈ブルーム〉は、JR三ノ宮駅を北へ十分ほど歩いた先にあった。十一席のカウンターと四人がけのテーブル席が三つという規模で、バーテンダーはふたりとも女性だった。片方は三十代前半、片方は二十代後半に見えた。

お客もほとんどが女性だった。女の子同士で気軽に飲みに来られるような雰囲気。店内にはドライフラワーや小さな生花が飾られ、大人向けの落ち着いたムードと華やかさが保たれていた。

恭也がバーテンダーに向かって「長峰さんから紹介されて来ました」と告げると、店員は爽《さわ》やかな笑みを浮かべた。「伺っております。市川恭也様と森沢夏織様ですね」

「はい」

「カウンター席へどうぞ。私は木村《きむら》皐月《さつき》と申します。何でもお好きなものを注文なさって下さい。今日は、お酒を飲むというよりも、お菓子の研究に来られたのでしょう？」

「あ、長峰シェフはそこまで……」

「何でも遠慮なく質問なさって下さい。試飲会に近いものをと言われておりますから。うちは長峰さんに、とてもお世話になっているんです。どんどん、お望みのお酒を試してみて下さい。試飲ですから、料金も控えめにさせて頂きます」

夏織は恐縮し切って頭を下げた。「申し訳ありません。変なお願いをすることになって……」

「いいえ。とんでもない。職人さんの修業に協力できるのは大変光栄です。いいお菓子ができたら、ぜひ、うちにも販売して下さいね。お客さまにお出ししたいので、二十ばかり搬入して頂ければ」

「五十でも百でも、サービスさせて頂きます」

「あら。そんなに気をつかわなくても」

木村皐月は爽やかな声で笑い、さて——と背後の棚を振り返った。棚にずらりと並ぶ酒瓶は、店内の照明で宝石のように輝いていた。「お作りになるお菓子の種類は何ですか」

「ブラン・マンジェです」

「材料は牛乳と生クリームですね。だったら、まずこれはいかがでしょうか」

皐月は棚から二本の瓶を手に取った。片方は青と紺のグラデーションに星が散ったデザイン。ラベルの真ん中に、月のように丸い模様が描かれている。そこには、カクテルグラスを手にした女性のシルエット。

もう一方は黒い瓶だった。英語で書かれたリキュール名の下に、緑豊かな風景画が描かれている。

冷凍庫からバニラアイスクリームの箱を出すと、皐月は小さな器に少しだけ中身を盛りつけた。青いほうの瓶をあけ、アイスクリームの上に、とろりとリキュールを垂らした。それを、ふたりの前へ差し出した。

アイスクリームにかかったリキュールは、柔らかなベージュ色だった。

皐月は言った。「ブラン・マンジェに使うなら、ミルク・カクテルにするよりも、こういう形で食べて頂くほうが味がわかりやすいと思うので」

「ありがとうございます。では頂きます」

夏織はスプーンでアイスクリームをすくった。リキュールがかかっている部分を狙って、たっぷりと。

口に含んだ瞬間、とろけるような甘味に目を見開いた。濃厚なバニラアイスと混じり合った味は、お酒の刺激よりも、アイスの甘味と香りのほうが勝っていた。お酒の華やかさは隠し味として効き、ただのバニラアイスを〈大人のアイス〉に変えていた。キャラメルの懐かしい甘味が口いっぱいに広がった。しばらくすると、クッキーの味と香ばしさが後を追ってきた。お酒の刺激、キャラメルの甘味、クッキーの味。ひとつのリキュールの中に、これらがすべて含まれているらしい。

皐月はお酒の瓶をカウンターに載せた。「クッキー&クリーム。キャラメルとクッキーの味がする甘いリキュールです。普通はミルク割りにして飲みますが、こうやってアイスクリームにかけて食べても、とてもおいしい」

瓶をよく見ると、月に見えていたのは丸いクッキーの絵だった。味にぴったりの可愛《かわい》らしいラベルだ。

夏織が感心しながら食べ終えると、皐月は黒いほうの瓶を手に取り、別の器に盛りつけたアイスクリームの上に、中身をとろりとかけた。クッキー&クリームと同じ色のリキュール。でも、こちらはどんな味なのか。

「こちらも召し上がってみて下さい。色は似ていますが、味の印象はだいぶ違いますよ」

グラスに冷たい水を注ぐと、皐月は新しい器と一緒にふたりの前へ置いた。

夏織は水を飲んで口の中から味を消した後、新しいアイスクリームとリキュールを、スプーンですくいあげた。ひとくち含んだ瞬間、味の奥行きに目を見開いた。クッキー&クリームが楽しくシンプルなメロディーだとすれば、こちらは複雑な陰影が刻み込まれたハーモニーだ。

「こちらのほうが、すっきりした味わいですね」と夏織は言った。「カルーアミルクに似た味ですが、甘さが控えめで、男性の方にもお勧めしやすい味です」

「これはベイリーズ。ベースにアイリッシュ・ウィスキーを使っています。クリームとカカオとバニラとコーヒーを加えて、独特の滑らかさを作り出す。これも普通はミルクで割って飲みますが、甘さがすっきりしているので、オンザロックでもいけますよ」

カウンターに並んだふたつの瓶は、ラベルのデザインの違いからも、個性の差が明瞭だった。ポップで躍動感のあるクッキー&クリーム、落ち着いた静かな印象のベイリーズ。

皐月は続けた。

「このふたつはクリーム系リキュールと呼ばれていて、牛乳を使うお菓子にはぴったりです。色も薄いので、混ぜても素材の色をあまり変えません。ベイリーズのほうは、海外の有名なアイスクリーム会社が、期間限定でフレーバーとして使ったことがあります」

恭也が口を開いた。「僕は、ブラン・マンジェにはベイリーズのほうが合うと思うな。クッキー&クリームは、もう少し歯ごたえのあるお菓子に使いたいような気がする。クッキーの香りが、どうしても、しっかりした食感のお菓子を連想させてしまうから」

夏織は恭也の言葉に、心の扉をひとつ開かれたような想いを抱いた。

ああ、なるほど。

味覚は目の前にあるものだけでなく、過去に食べたものからも影響を受ける。自分の記憶と現実の味が組み合わさったとき、その相乗効果で「おいしさ」が生まれる。つまり、過去と現在のハーモニーが、「食べ物のおいしさ」の本質と言える。

だから、滑らかな食感のお菓子からクッキーの味を感じ取ると、印象の食い違いに戸惑って不思議な感覚が生じるのだ。もちろん、その不思議さをうりにする場合もあるが、別の素材に使ってみたいという恭也の感覚も、ごく自然なものだろう。

「私も、ブラン・マンジェにはベイリーズのほうが合うような気がします」皐月はそう言いながら、夏織と恭也の前から、からになった器を片づけた。「そう感じる方が多いからでしょう、ブラン・マンジェのバリエーションには、ベイリーズを使うものが珍しくありません。ですから、使うならば、もう一工夫必要でしょうね。たとえば、コーヒーを増してその味を強くするとか、チョコレートを増してその味を強くするとか。偏った特徴を持たせると、ウィスキーの味わいが、より効いてきますよ」

　皐月は次のリキュールを出してきた。牛乳に合わせるならばコーヒーや紅茶のリキュールはいかがですか、と。

　コーヒーのリキュールはよく知っているので、紅茶のリキュールをもらうことにした。洋菓子ではアールグレイをよく使うが、皐月が出してきたのはダージリンのリキュールだった。

　今日はいろいろ飲んで頂くので少なめの量で作りますね——と言って、皐月はオレンジ・ジュースと紅茶のリキュールでカクテルを作ってくれた。冷えた果汁から紅茶の香りが豊かに立ちのぼるカクテル。爽やかな飲み心地だった。

これはゼリーに使える！　と夏織は直観した。そう、ブラン・マンジェ本体ではなく、その周囲に飾るクラッシュゼリーに、これを使ってみたら？　オレンジをそのまま飾るのではなく、こういう形でもいいじゃない……。

「こちらはウーロン茶のリキュールです」東洋風のデザインのせいで日本酒にも見える瓶を、皐月は楽しそうに見せてくれた。「少し苦味がありますが飲んでみますか」

「はい」

オンザロックで飲んだウーロン茶のリキュールは、口の中の甘味を苦味が洗い流していくような、さっぱりとした後口だった。面白いが単独で使うにはちょっと地味かな……と夏織が思っていると、皐月は、「このお酒は、ピーチやフランボワーズのフレーバーを混ぜると、がらりと印象が変わります」と付け加えた。お茶同士ということで、抹茶リキュールと一緒に使うという技もあるらしい。作ってもらったものを飲んだ夏織は驚いた。フルーツ系のリキュールを加えると、びっくりするほど華やかな印象に変わる。抹茶リキュールを加えると、苦味が和らいでまろやかな味になる。

続いて、夏織もよく知っている透明な瓶がカウンターに載った。

「こちらはライチのリキュール。ディタです。柑橘類のブラン・マンジェを作るなら、これを使うと便利ですよ」

「これ、透明なお酒なんですね」

「そう。ディタの利点は、ブラン・マンジェに混ぜても、素材の色をまったく変えないことです。なのに、ライチの香りはしっかりつく……。ただ、これだけでは面白くないので、たとえばグレープフルーツのリキュールなどを合わせるといいでしょうね。ディタを使ったカクテルのレシピには、フルーツを使うものがたくさんあります。ディタは柑橘系なら何でも合いますよ。ライム、オレンジ、柚。こういうタイプのリキュールとの相性がいい」

牛乳は果物の酸を加えると分離するので、華やかに果物の香りをつけようと思ったら、フルーツ系のリキュールを使うのが一番だ。洋菓子作りに使われる定番品以外にも、メロン、バナナ、マンゴー、洋梨《ようなし》、パッション、グァバ、ザクロ、キウイ、パイナップル、アプリコット、プラム等々、数多くある。

夏織が知らない配合のカクテルを、皐月は次々と作った。少しでも多く試飲できるように、量を少なめに。

ブラン・マンジェに一番合いそうなのは、やはりクリーム系のリキュールだった。最も滑らかに馴染《なじ》み、とても自然。

意外性があるのは、お茶を使ったリキュールだった。これは果物系のリキュールとの組み合わせで面白い味になるのがわかった。

柑橘系のリキュールは癖がなくて使いやすそう。誰でも食べられ、つるんとしたお菓子の爽やかさにはぴったりだ。でも、単純なので、ディタをベースにしたうえで二種類ほど混ぜるのがいいだろう。

恭也は、夏織と皐月のやりとりを興味深そうに見守っていたが、やがて「森沢さん、そろそろ危なくない？」と訊ねてきた。「お肌が桜色になっているよ。だいぶ回ってきたんじゃないかな」

少量とはいえ、かなりの試飲を続けていた。いつのまにか、目が回っても不思議ではない量を飲んでいたのだろう。夏織は恭也に指摘されて初めて、自分が許容量を超えかけていることに気づいた。

恭也は、まだまだいけそうな涼しい顔をしていた。

皐月は、再び、冷たい水のグラスを夏織に出してきた。「今日は、これぐらいでいかがでしょうか。気になることがあれば、また、いつでもお越し下さい」

「いえ、あんまり、ご好意に甘えるわけにもいきませんので……」

水を飲み終えると、夏織はスツールからおりて皐月に挨拶《あいさつ》しようとした。直後、自分の足元が揺れていることに気づいた。歩き出すのをやめて、再び席に戻った。もう一杯、お水をもらうことにした。

酔いがおさまってから連れ出したほうがいいと思ったのだろう。時間を潰すため、恭也は皐月と話し始めた。「木村さんは、長峰シェフとはお仕事の関係で？」

「ええ。長峰さんがボンボン・ショコラに使うお酒を探していたときに、偶然知り合って。私、女性がひとりでも入れるカクテルバーを作りたくて、メニューには、おいしいボンボン・ショコラやプチガトーも置きたいと思っていたんです。お酒だけじゃなくて、軽い食事やお菓子も食べられる店にしようと思って。それで双方の思惑が一致したというか……。私は良質なお酒の入手ルートを長峰さんにお教えし、長峰さんはうちにいいお菓子を入れて下さる――こういう関係なんですね」

「ショコラ・ド・ルイで作ったお菓子を入れているんですか」

「そのときどきで変わります。いろんなお店のお菓子が入ってきますよ。今日はタルトレットです」

「ひとつ頂こうかな」

「どうぞ。いまならイチゴがお勧めです。中はカスタードではなくて、ほんのり甘さをつけたクリームチーズが入っていますよ」

夏織は横から割り込んだ。「私にも、それ下さい！」

「大丈夫？　まだお腹に入る？」

「長峰シェフのお勧めなら、絶対おいしいはずですから！」

皐月は微笑を浮かべると、ふたり分のタルトを皿に載せてくれた。

鮮やかな色に熟したイチゴを使ったタルトレットは、酸味と甘味が鮮やかに調和していた。カクテルを飲んだ後に食べても、おいしさがくっきりと際だつお菓子だった。

第六話　アイリッシュ

新作が完成したという知らせを受けると、武藤は大急ぎでロワゾ・ドールへ向かった。不安に心が揺れていた。

森沢夏織は、どんなブラン・マンジェを作ったのだろうか。フェリス・ビアンカのオペラ・フレッドと互角に闘えるものなのか。いや、あちらは仮にもシェフが作った自信作だ。まだシェフではない夏織の新作が、それに易々《やすやす》と勝てるはずはない。

オペラ・フレッドにはない何か――それさえあれば充分だ。お菓子作りは競争ではない。菓子フェスは文字通り「お菓子のお祭り」であり、多くのお客を喜ばせ、売り上げを伸ばすのが第一目標なのだ。いろんな商品があっていい。ロワゾ・ドールにはロワゾ・ドールのよさがある。

森沢夏織は、それを達成してくれているだろうか――。

前と同じように、武藤は麗子と一緒に、ロワゾ・ドールの応接室に案内された。

これでＯＫを出せなければ、漆谷シェフに担当を替わってもらうことになる。緊張しているのは、むしろ武藤のほうだった。

森沢夏織は、気負いもなく、とても落ち着いた様子だった。ブラン・マンジェの器を、テーブルの上に丁寧に並べていった。

三種類。

横一列に並べられた器を、武藤はじっくりと観察した。

ガラス容器の単価は、耐熱プラスティックの約二倍。材料費を圧迫するが、独特の光沢と高級感には捨て難い魅力がある。ブラン・マンジェのつるんとした食感をアピールするには、ガラスを通した外観が大切と夏織は判断したようだ。

円筒形ではなく、器の底から上部に向けてゆるやかに円が広がっていくデザインの容器だった。トップを、いろいろと飾れる形である。

夏織は言った。「試作品は何種類も作ってみましたが、最終的に、この三つを選びました。この組み合わせでいこうと思います」

武藤は訊ねた。「見た目だけでなく、味も違うんですね？」

「そうです。どうぞ、ご確認下さい」

武藤が注文した通り、三種類のブラン・マンジェはすべて白かった。並べてみるとその白さに若干差があったが、許容範囲内だった。

トップの飾り方の違いで、中身が別物だと区別がつくようになっている。

一番右端の商品は、生のオレンジとオレンジピールで飾られていた。アクセントとして置かれた真っ赤なグロゼイユの実が、ルビーのように輝いていた。ブラン・マンジェが詰まった器の底には、ほんの少しだけ濃い褐色の層が薄く置かれていた。コーヒーかチョコレートのブラン・マンジェを別に作り、それを流し込んでいるのだろうと武藤は見当をつけた。ちょっとしたオマケみたいな感覚か。

真ん中の商品は、トップが少し変わっていた。透明なクラッシュゼリーと、真っ赤なラズベリー、紺色のブルーベリーの組み合わせで飾る方法は珍しくないが、それと一緒にクッキーが一枚添えてあった。どういう意図なのだろう？　この器の底にも、薄くベージュ色の層が置かれていた。さきほど見たものと同じ味かどうかは、食べてみるまでわからない。

左端の商品は、最もオーソドックスなタイプのブラン・マンジェだった。色もこれが一番白かった。混じりっけなしの牛乳とクリームの色だ。これだけは、底までしっかりと白かった。トップは、ピンクグレープフルーツとマンゴーとイチゴで華やかに飾られていた。赤いソースが少しだけ流し込まれている。たぶんカシスのソースだろう。緑色のミントの葉が、配色的にいいアクセントになっていた。

武藤と麗子は、スプーンを手にとった。

三つも食べるのは大変だが、武藤は、今回だけは全部食べるつもりだった。夏織の努力を無駄にしたくなかった。オペラ・フレッドに負けていないか——それを実感するには、全部食べなければ判断がつかない。

武藤は右端の商品から手に取った。オレンジは瑞々《みずみず》しく甘く、砂糖漬けの皮の苦味が、アクセントとして利いていた。だが、ブラン・マンジェの層にスプーンを入れ、ひとくち食べた瞬間、武藤は思わず首をひねった。

一言では表現できない、不思議な味がした。

それは、シンプルな牛乳プリンであるはずのブラン・マンジェの印象からは、少し離れたものだった。べったりと甘いわけではない。後口はさっぱりとしている。だが、この味はいったい……？

二番目、三番目の商品も順々に食べたが、武藤は、一番目のものに覚えた違和感を、最後まで捨てられなかった。

横目で、麗子の様子をうかがってみた。麗子は楽しそうに食べていた。前よりも、いい表情をしていた。ということは、彼女にとっては、これは「いいお菓子」なのだ。

試食を終えた武藤と麗子がお礼を言うと、夏織はすぐに感想を求めた。

「そうですね……」武藤はためらいがちに答えた。「私の好みで言わせてもらうなら、一番食べやすかったのは、最後に食べたものです」

ピンクグレープフルーツを載せた純白のブラン・マンジェ――。癖がなく、甘さや香りもほどよく、武藤にも食べやすかった。「誰でも食べられるという意味では、やはり、これがイチオシですね。お菓子としての個性は薄いかもしれませんが、こういうものを食べるとほっとします」

夏織は心配そうな表情をした。「他は、だめだったんでしょうか」

「いえ、最先端の豪華なお菓子と比べれば、他のふたつも穏やかなものです。真ん中のこれは、私の好みからは外れますが、お洒落な感じですね。紅茶風味でしたが、前回の商品のように、ブラン・マンジェがベージュ色に染まっていないところが不思議です。どうやって作ったんですか」

「紅茶のリキュールを使いました。前回はアールグレイでしたが、今回はダージリンです。紅茶の香りとしては、こちらのほうが癖がありません」

「リキュールということは、アルコールを含んでいるんですね」

「アルコールは少し飛ばしてあります。混ぜる前に温めて。煮詰めると風味も一緒に飛んでしまうので、ごく軽く温めてあるだけですが」

「三種類とも？」

「ブラン・マンジェの白さを生かして風味を変えるには、リキュールを使うのが一番ですから」

武藤が複雑な顔つきをしたので、麗子が横から割り込んだ。「私は、この三種類、うまく個性を使い分けていると感じました。最初に頂いたこれは、ベイリーズのブラン・マンジェですね」

夏織は、ほっとした表情を見せた。「そうです。すぐに、おわかりになりましたか」

「ベイリーズは、ブラン・マンジェのレシピによく使いますから。でも、これは一工夫あって面白いですね。シナモンの香りがします。シナモンスティックをしばらく漬け込んだ牛乳を使って、ブラン・マンジェの部分を作ったのではありませんか？　白さを損ねないように」

「その通りです。ベイリーズ自体にも色がありますし、シナモンパウダーを使うと、ブラン・マンジェの色が濁ってしまうので」

「ベイリーズとシナモンの馴染みは抜群です。ミルクカクテルでも、この組み合わせを使うぐらいですから。アイリッシュ・ウィスキー、クリーム、カカオ、バニラ、コーヒー、そして、ブラン・マンジェの香りづけに使われているアーモンド。どれもシナモンと相性がいいので綺麗に調和します。底に敷いてある層は、ショコラのブラン・マンジェ――。最後にお洒落なインパクトが用意されている感じで、私はこれ、かなりいいお菓子だと思いますよ」

「ありがとうございます！」

「真ん中の商品のトップに、クッキーが載っているのはなぜですか」

「ブラン・マンジェを紅茶風味にしたので、ティータイムの雰囲気にしてみたくて。紅茶でクッキーを頂くような――そんなイメージで作ってみました。紅茶の味が二段階で来るように、底に一層、リキュールではなく、本物の紅茶で作ったブラン・マンジェを置いています」

「なるほど。ブラン・マンジェの食感との落差が面白いですね。クラッシュゼリーがオレンジ風味なのも、爽やかでいい感じです」

そして、左端の商品ですが――と麗子は続けた。武藤が一番気に入った、ピンクグレープフルーツが載ったもの。「これは『フルーツのブラン・マンジェ』といった趣向。とりわけ、食べる人を選ばない商品ですね」

「はい。これは本当に基本に忠実に作りましたので。フルーツの要素を強調するために、ブラン・マンジェ本体には、ライチとライムのリキュールを加えています。ライチトニックのイメージで作りました。トップに果物をたくさん置くことで、食べやすそうなイメージに仕上げました」

「この三種類、それぞれに名前はあるんですか」

「ブラン・マンジェであることはすべての名札に書きますが、それに加えて、《ウィスキー&ショコラ》《紅茶》《フルーツ》と付け加えます」

ロワゾ・ドールらしい命名だった。どんなお客が見ても、すぐに構成がわかり、お菓子の味を想像できる名前。

武藤は少し首をひねった後、言った。「ウィスキー&ショコラは、ちょっと長い気がします。リキュール名である《ベイリーズ》が使えないにしても……」

「そうですね……」麗子も横から口を挟んだ。「ウィスキーの要素はともかく、この商品の場合、ショコラの部分は、そう強いうりではないし」

しばらく考え込んだ後、麗子は顔をあげて夏織を見た。「《アイリッシュ》というのはいかがでしょうか」

「いいですね」夏織は表情を輝かせた。「そのほうがすっきりしています」

「お酒が好きな方なら、この名前だけでピンと来るでしょう。説明を求められたら、『アイリッシュ・ウィスキーをベースにしたリキュールを使っています』と販売員が説明できます。ベイリーズということまで聞けば、その時点で納得するお菓子好きは多いでしょう。そこまで聞いてもご存知ないお客さまには、ベイリーズの特徴を教えて差し上げればいい。売り場に、ベイリーズの瓶を一本置いておくといいかもしれませんね。いえ、いっそ、ベイリーズ味のブラン・マンジェだけ、試食品を置いてみませんか」

「そうですね……。ああ、でも、それなら、バニラアイスにかけて試食して頂くほうが、いいかもしれません。ベイリーズは、そうやって食べるとおいしいので」

「いいですね！　わざと、ブラン・マンジェで試食させないところが面白い。お客さまに想像の余地を残したほうが、じゃあ本物のお菓子のほうはどんな味なんだろう……と、興味を掻《か》き立てるはずです」

「では、ベイリーズの中身は広口瓶に移し替えておきましょう。そこからスプーンですくったほうが便利ですから」

西宮ガーデンズのパレドゥースは、普段から喫茶店を併設している。冷蔵庫も大きなものがある。ベイリーズも試食用のアイスクリームも、保管しておく場所には困らない。

「では、これで決定ということで」と麗子が力強く言った。「この三種類の名前は、《アイリッシュ》《紅茶》《フルーツ》。三点同時に出しますから、これから、それぞれ何個ずつ出すかの計算を……」


各店舗の新作をチェックし終えた後は、菓子フェス当日の搬入や、パレドゥースの内装に関する打ち合わせをするだけだ。

西富百貨店芦屋支店の会議室で、新作の写真が並ぶ報告書に目を通した鷹岡部長は、口元を綻ばせて武藤を見上げた。「やればできるじゃないか。いいお菓子がたくさん集まったな。芦屋支店でやるフェスティバル以上に華やかだ。素晴らしい」

「ありがとうございます」

「いやいや。正直、君がここまでやると思わなかったよ。緒方さんが手助けしたとはいえ」

手助けどころか、いまでも大半の判断を麗子がしている――という実感が武藤にはあった。自分もそれなりに努力はしている。だが、麗子の味覚やセンスの鋭さには、とうていかなわない。

その日の夕方、武藤はお礼代わりに麗子を食事へ誘った。お礼といっても、まだ企画が成功したわけではないので、軽く居酒屋で食べるだけにした。

ビールで乾杯した後、麗子はおいしそうに肉じゃがをつつき始めた。お菓子だけでなく、麗子は何でもよく食べる。目の前に出てきたものを、本当に楽しみながら食べる。きっと、食べること自体が何よりも好きなのだろう。

だし巻きを箸で切りながら、麗子は武藤に訊ねた。「武藤さん、ロワゾ・ドールの新作、本当にあれでよかったんですか」

「何で、いまさらそんなことを聞く?」

「いまいち、納得なさっていない顔だったので」

「納得できないというより……。よくわからなかったんだよ」

「わからない?」

「うん。アイリッシュだけがね。何というのかな。舌に合わなかった」

「オペラ・フレッドは、おいしく召し上がったんですよね？」

「あれはすごいと思ったよ。甘いものが嫌いなおれでも、圧倒されるようなお菓子だった。くっきりと際だつ繊細な個性があって、容赦なく、ねじ伏せられてしまったような感じだ」

「アイリッシュは違いましたか？」

「こういう言い方をすると貶《けな》しているようだが……。摑《つか》み所がないというのかな。どことなく何かがすっきりしない。緒方さんは違うの？」

「私はアイリッシュ、とても気に入りましたよ」

「どういうところが」

「いま、武藤さんが仰《おつしや》ったようなところを」

「え？　摑み所がないのが、お菓子としての長所なの？」

「オペラ・フレッドは、確かに、シェフの個性で押していくお菓子です。一方、アイリッシュは、お客さまの気持ちを受け止めることに全力を注いでいるお菓子だと思います」

「受け止める……」

「たぶん、積極的なお菓子好きには、オペラ・フレッドのほうが評判がいいでしょう。でも、アイリッシュも負けていないと私は思います。一回目の試作と比べると、コンセプトも傾向も、とても練られていました。あの成果は認めるべきですよ」

「そうなのかなあ」

期待して食べた夏織のお菓子が思ったほどフィットしなかった——。それが武藤にはショックだった。

自分には、やはり、お菓子を理解するセンスがないのだろうか。

麗子がこれだけ誉めているのに全然ピンとこなかったのは……。やはり、味をみるセンスがないからなのか。

麗子は続けた。「《紅茶》と《フルーツ》は普通に食べられたんでしょう？」

「ああ」

「だったら、いいじゃありませんか」

「でも、ひとつだけわからないというのが何だか悔しくてなあ」

はっきりと「嫌いだ」と言えたら、どんなによかっただろうか。たとえばマカロンを砂糖菓子爆弾だと感じ、もう二度と食べてやらないと宣言したときのように。

だが、アイリッシュはそうではないのだ。

複雑な味であることは、武藤にもよくわかった。

ベイリーズというリキュール自体が、そもそも複雑な味なのだろう。何しろベースがウイスキーだ。そこにクリームとカカオとバニラとコーヒー。それを牛乳で優しく包み込み、夏織はさらに、シナモンを隠し味で加えている。器の底に置かれたチョコレートのブラン・マンジェも演出のひとつだ。手のこんだ商品であることは確かなのだ。

すべてが調和したときの成果を麗子は味わえるが、自分は味わえない——。それが悔しくてならなかった。どんなお菓子でも喜んで食べてきた人間と、ひたすら避けてきた人間の差だと言えばそれまでだが、何だか釈然としないし、情けなくもあった。

「白さに拘らなければ、おれにもわかる味の商品ができたのかな」と武藤はつぶやいた。

「ベイリーズではなく、普通にチョコレートのブラン・マンジェを作ってもらったら——。もしかしたら、素直に喜べたのかな」

「そうですねえ。ココア味なんかも、よかったかもしれませんねえ。ただ、インパクトは減りますよ」

「そうか……」

「自分の好みの味じゃないとわかる——。そのこと自体は、とてもいいことだと思います」

「え?」

「好き嫌いがはっきりしてきたのは、お菓子のことがわかってきたからですよ。これまでは、お菓子全部がだめだったんでしょう。差異をつけられるようになったのは、ものすごい進歩ですよ」

「そうかなあ」

「大きな変更はもうできませんが、どうしても気になるなら、森沢さんと少し話し合われてはいかがですか。メインのコンセプトさえ変わらなければ、鷹岡部長は何も仰らないでしょう。販売日までにマイナー・チェンジを繰り返すのは、職人さんの良心です。一番納得のいくお菓子に仕上げて頂き、私たちはそれを一個でも多く売る。もやもやしているだけでは何も解決しません。たとえ変更が出なくても、森沢さんと話をするだけでも、いま覚えている違和感は消えるかもしれませんよ」

麗子の言葉にはうなずけるものがあった。

武藤は、もう一度、夏織に会うことにした。

とはいうものの、商品にクレームをつけるわけではないので、会う口実が見つからない。偶然店舗を訪れた様子を装い、夏織をさりげなく食事にでも誘うか……と武藤は考えた。パティスリーの仕事は一日中忙しい。終了も遅い。午後三時に喫茶店でお茶でも——というわけにはいかないし、平日は夕食ものんびりとは摂れない。

かといって、休みの日に待ち合わせというのは不自然過ぎる。

昼食を軽く一緒に食べられないだろうかと武藤は思った。十二時から二時間ほどの間、ロワゾ・ドールのスタッフは交替で昼食に出る。その時間帯にアポなしで立ち寄り、当日の夏織の状況次第で予定を立てればいいのではないか。

武藤は、ロワゾ・ドール周辺にあるレストランの種類や位置を確認した。手頃な店を選び、それからロワゾ・ドールへ向かった。

ロワゾ・ドールへ続く坂道をのぼり、店舗が見え始めたとき、入り口の扉をあけて、夏織が外へ出てきたのが目に入った。

私服だった。

ちょうど昼食に出るところらしい。

武藤は足を早めた。まだ距離はあったが声をかけようとしたとき、夏織のそばに背の高い男が近寄ってきた。

武藤は反射的に立ち止まった。

夏織は近づいてきた男に気づくと、ぱっと表情を明るくした。武藤がいる場所からでもわかるほど、うれしそうな雰囲気が全身から溢《あふ》れ出ていた。

武藤は凍りついたように、その場に立ち尽くした。

夏織と連れの男は、武藤に背を向ける格好で歩き始めた。坂の上へ向かっていた。もう少し行った先にレストランが一軒あることを武藤は思い出した。

武藤はその場に留《とど》まり続けた。途中で夏織が振り返ってくれたら……と強く願うと同時に、「いや、それはまずい」「このまま自分に気づかずに行ってくれ」「もし目が合ったら、どんな表情をすればいいんだ……」と、どきどきしながら考え続けていた。

直後、何を思いついたのか、夏織が、ふいに後ろを振り返った。武藤を見つけた。夏織は丁寧にお辞儀をすると、あろうことか、連れの男と一緒に坂を下り、武藤へ向かって歩いてきた。

武藤は叫び声をあげそうになった。

ああっ、戻ってこなくてもいいのに！

引きつった笑顔を浮かべたまま、立ち去る機会を失った武藤は、その場に突っ立っていた。

夏織は武藤の前まで来ると真面目な表情で訊ねた。「菓子フェスの件で何か不都合が生じたんでしょうか。問題があるなら、すぐに解決に向けて考えますが」

「いえ、そうではなくて……。ちょっと近くまで立ち寄ったものですから、ロワゾ・ドールさんをのぞいてみようかと……」

武藤は、夏織の隣の男に、ちらりと目をやった。

夏織は気を回してくれたのか、相手を紹介した。「こちらは、以前ロワゾ・ドールで働いておられた職人さんです。市川恭也さんと仰います。近々、関西で自分のお店をお出しになるんです」

「はじめまして」市川恭也は屈託のない笑みを浮かべ、武藤に向かって頭を下げた。「菓子フェスの件は森沢さんから伺っています。僕はいまロワゾ・ドールの仕事には関《かか》わっていませんが、ニシトミさんには、いずれ、お世話になることもあろうかと思います。その節には、よろしくお願い致します」

しっかりとした礼儀正しい人物。夏織と親しそうにしていなければ、武藤は軽やかに礼を言い、滑らかな仕草で名刺を差し出しただろう。

だが、実際にはぎこちない動きで頭を下げ、新人社員のようにみっともない手つきでポケットの名刺入れを探り、ようやくのこと恭也に名刺を渡しただけだった。

恭也は自分も名刺を出し、武藤に差し出した。「何年か先の企画では、ぜひ、お声をかけて頂けるようにがんばります。最初は小さな規模でスタートしますから、なかなか、大きな仕事はできませんが」

「お店の規模は小さくても、市川さんが作るお菓子はすごいんですよ」夏織の声には、武藤がこれまで耳にしたことのない華やかさが含まれていた。もうそれだけで、彼女がこの市川恭也という菓子職人にどれほどの敬意を持ち、好意を持っているのか——武藤には、ひしひしと感じられた。

「森沢さんがそう仰るからには、とても素晴らしいお店になるのでしょうね」嫌味にならない口調でそう言うだけで、武藤は精一杯だった。「開店の暁には、ぜひ足を運ばせて頂きます。こちらこそ、よろしくお願いします」

「武藤さん、お昼はこれからですか」と恭也が訊ねた。「よかったら、ご一緒なさいませんか」

武藤は一瞬だけ躊躇《ちゅうちょ》した。

断るべきなのか。

このままついていって、この市川恭也という人物について、詳しく知るべきなのか。

知るべきだ、という考えのほうが勝った。このままひとりで帰っても、もやもやするだけだ。

「ありがとうございます。喜んで、ご一緒させて頂きます」

恭也と夏織はうれしそうにうなずき、再び坂をのぼり始めた。

ふたりの背中を眺めながら、武藤は黙ってそのあとをついていった。

第七話　前夜

レストランはイタリア系の店だった。中へ入ると、香ばしいパンの匂《にお》いと一緒に、トマトソースやハーブの香りが押し寄せてきた。

ちょうど昼時だったので、お客たちの会話や、食器の音がにぎやかに響いていた。ホールスタッフは足早に動き、注文を取り、料理を運び、新しいお客を席へ案内していた。

武藤たちは四人がけのテーブルについた。ランチメニューを三つ頼むと、料理は、さほど待たされることもなく運ばれてきた。

サラダやパスタを食べながら、夏織は武藤に菓子フェス準備の様子を訊《たず》ね、恭也がロワゾ・ドールにいた頃の話を楽しそうに話した。

武藤は相槌《あいづち》を打ち、微笑を浮かべつつ、恭也の様子を観察した。

恭也は始終落ち着いていた。必要以上に仕事の話に立ち入ることもなく、自分の出店予定のことも、あまり口にしなかった。

夏織が恭也を特別視していることを、武藤は店に入る前から敏感に感じ取っていた。恭也の穏やかな喋《しゃべ》り方は、職人としてのタイプは違うのかもしれないが、オペラ・フレッドを作った北薗シェフのことを思い出させた。

自分の仕事に誇りと信念を持っている人間は眩《まぶ》しい。その輝きで周囲にいる人間を魅了する。ましてや同じ職種に就いているならば、後輩である夏織が恭也に大きな尊敬を抱いても不思議ではない。あるいは尊敬以上の感情を持ったとしても。

いや、待て。

武藤は自分の妄想を打ち消した。尊敬が愛情につながったとしても、恭也自身は夏織をどう思っているのか。恭也は恭也で、他に好きな女性がいるかもしれない。長いあいだ東京にいた男だ。あちらに恋人がいても不思議ではない。恭也の歳《とし》なら、そんなことの二つや三つあっても当然だろう。

だとしたら、自分にもまだチャンスはあるはずだ。

夏織は午後からの仕事があるので、のんびりとしていられない。手早く食事を終えると、「ごめんなさい。では、私は先に失礼しますね」と言って椅子《いす》から立ちあがった。「武藤さんは、ごゆっくり。市川さんも」

「ありがとう」と恭也は答えた。「菓子フェスの間に、一度、西宮ガーデンズで会いたいね」

「いいですね。他のお店のお菓子を食べてみたいし。楽しみにしています」

夏織は伝票の下に千円札を置くと、にこやかに微笑した後、店から出て行った。

彼女が立ち去ると、恭也はすぐに武藤に話しかけてきた。「森沢さんは、よくやっていますか。僕は見習いの頃の彼女しか知らないので、今度の新作を食べるのが、とても楽しみなんです」

「え?」

「僕がロワゾ・ドールにいたのは、森沢さんが入店した年です。あの店は、新入店員に、まず売り場と喫茶部を任せるんです。一年間だけ」

「それも職人さんの仕事なんですか」

「ええ。一番初めの大切な修業です」

「じゃあ、森沢さんと一緒だった頃には、彼女のお菓子を食べたことがなかった?」

「勉強会で作ってもらったものは食べていましたが……。真面目《まじめ》な子でね。『お菓子を作る技量があること』と、『お客さまを喜ばせるお菓子を作れること』の違いを、早い段階で気づいたようです。まあ、気づいてもなかなか思うように作れないのが、この世界の怖いところですが」

店員がエスプレッソを運んできた。恭也は先にミルクを入れ、スプーンでゆっくりとかき混ぜた。「武藤さんは、今回の森沢さんのお菓子をどう思いましたか」

「いいお菓子だと感じました」

「いいお菓子？　『おいしい』とは思わなかったんですか」

「すみません。私、実は甘いものが苦手でして……」

黙っておいてもいい話だが、武藤はあえて切り出した。自分の話を聞いた恭也が、どう反応するか見てみたかったのだ。

菓子職人という仕事にプライドを持っていればいるほど、お菓子を理解できない人間に対して、ある種の苛立《いらだ》ちのようなものを感じるだろう。そのとき相手をどう扱うか。憐《あわ》れむのか見下すのか。お菓子のよさを力説するのか。その態度に、恭也の人間性が滲《にじ》み出てくるはずだ。

上司からの命令で仕方なく菓子フェスの担当になったこと、いまでも、よさのわからないお菓子がある——という武藤の話を、恭也は興味深そうに聞いていた。武藤自身が、なぜ、こいつはこんなに楽しそうな顔をして耳を傾けているんだ？　と言いたくなるほどに。

恭也は武藤に同情するふうでもなく、さりとてからかう感じでもなく、穏やかに言った。

「今回の仕事は、森沢さんに、とてもいい経験になったようですね。お客さまの気持ちに寄り添って作るということは、本気で菓子職人を続けていくならば、どこかで直面しなければならない課題です。その最初の相手が武藤さんだったことは、彼女にとって大きな幸せでしょう」

「そうでしょうか」

「武藤さん自身も、今回は新たなチャレンジを試みたのでしょう。そういう組み合わせで働くのは、とてもいいことです。相乗効果で、とてもいいものができる」

「市川さんは、森沢さんの師匠にあたる方なんですか」

「師匠？」

「お話を伺っていると、森沢さんのことを、弟子か生徒のように捉《とら》えているように感じられます。先輩・後輩という印象ではないし、対等な職人というのとも違う。私からは、師匠と弟子に見えます」

「師匠という意味なら、ロワゾ・ドールの漆谷シェフのほうをそう呼ぶべきでしょうね。森沢さんは、漆谷シェフの下で働いているので」

「それはよく存じ上げています。しかし、市川さんと森沢さんの様子を見ていると、私には――」

「僕は師匠のつもりはないんですが……。まあ、若い頃にはよくあることです。先輩の活動が、必要以上に大きく見えてしまうというのは」

「では、ただの同僚、仕事仲間なんですか？」

「そうですね。少なくとも、僕はそう思っていますよ」

　恭也は夏織のことを、『ひとりの女性として見ている』とは、決して言おうとしなかった。そのことは、武藤にさらに深い疑念を抱かせた。

人間は嘘をつく生き物だ。

ときとして、自分の気持ちとは正反対の感情を、わざと他人にアピールする。

いまの恭也がそうではないと誰に断言できるだろう。人は、興味のない相手と一緒に行動したりはしない。ましてや、いい歳をした大人の男が。

コーヒーの苦味を舌の上で味わいながら武藤は考えた。

きらきらとした目で恭也を見つめていた夏織――。あの目を自分のほうへ向かせたい。彼女を振り向かせるには、いったい何をどうすればいいのか。

夏織は仕事熱心だ。一番いいのは、お菓子を通じてこちらに興味を持ってもらうことだろう。だが、恭也と違って自分は作り手ではない。取れる方法は限られる。

「森沢さんは、いい職人さんです」武藤は続けた。「私としては、菓子フェスが終了しても、別の企画に参加して頂きたいと思っています。今年成功すれば、来年以降も、この企画は恒例事業となるでしょう。パレドゥースは年中無休ですから、フェスティバル以外の時期に、あの場所を新作販売のテスト場にも使えます。これを機会に、森沢さんには、どんどん新しいことをやってもらいたいんです。今回は私の狙《ねら》いに添う形で作って頂きましたが、縛りを外せば、もっと伸びる方でしょうから」

そう、夏織をパティシエとして成長させることだけが目的なら、作ってもらうお菓子を武藤自身が気に入る必要はまったくない。この点が、恭也と武藤の大きな違いだった。

──市川恭也は作り手だ。職人としての価値観を超える仕事は、決して許容できないだろう。だが、自分には、商売を中心にものを見る能力がある。何を作れば売れるのか、何をやればパティシエとして有名になれるのか、どうやれば彼女を「特別な職人」として世間にアピールできるのか。うまく企画を立てれば、西富百貨店を背後につけて、大きく宣伝できるだろう。

自分が見出《みいだ》した才能を世間に広めるときの満足感を想像すると、武藤は体が震えてくるのを感じた。この一点で、自分は恭也よりも優れているはずだ。恭也よりも大きなものを、夏織に与えられる。

そのとき、武藤の内にある冷静な部分が、ふいに彼自身に語りかけた。

──おい、本当にそうなのか？　そんな夢みたいな話を本気で考えているのか？　森沢夏織は、そういうことをしてもらって喜ぶ人間か？　あの真面目な彼女が、そんなことを喜ぶのか、と。

困惑した様子で目を伏せる夏織の姿が武藤の脳裏に浮かんだ。武藤の熱心さに相反するように、申し訳なさそうな顔をする彼女の顔が。

──私は、おいしいお菓子でお客さまを幸せにできればそれでいいんです。それ以上のことは、ちょっと……。

夏織の優しい声が、本当に聞こえたかのように感じられた。一方的に熱をあげて盛りあがっていた武藤の心は、風船が弾けたように急速に萎《しぼ》み始めた。

それでも、と武藤は意思を奮い立たせた。

自分をアピールするために他にどんな方法がある？　根本のところではお菓子のよさがわからない自分に、彼女への敬意と愛情を最も理解してもらう方法が他にあるだろうか。

恭也が静かに口を開いた。「パティシエというのは、アイドルでもスターでもありません。本人よりもお菓子、あるいは店の名前が知れ渡るほうが遥《はる》かに大切です。職人はそれ以外を望んではいけません。極端な話、職人は名なしでいいんです。その代わり、新しいことをやりたがっている職人には、どんどん機会をやりたいと僕は思います。自分の手で新しいお菓子を作り、それが売れていくのを見る――。これは職人にとって一番の幸せです。武藤さんが森沢さんにその機会を下さるなら、僕は歓迎しますよ。頭を下げてでも、お願いしたいぐらいです」

自分にそのチャンスをくれとは言わず、あくまでも森沢夏織に――。そんなことを言えるのは、恭也の中に、夏織に向かう純粋な心があるからだろう。

はっきりと恋人同士ではないからこそ、その繊細な感情はお互いを魅了し、惹《ひ》きつけ合い、離れ難いものを感じさせるのかもしれない。それとも、自分がいま感じている以上に、ふたりはお互いの想《おも》いに気づいているのか……。

当たり障りのない会話を繰り返し、恭也の人柄をわかったつもりになったところで、武藤は「では、私はそろそろお暇《いとま》します」と頭を下げた。

武藤が椅子から立ちあがると、恭也も「では僕も」と椅子から腰をあげた。

ふたりはそろって店を出ると、店の前でもう一度挨拶《あいさつ》し、別々の方向へ歩き始めた。


武藤は阪急電鉄の駅へ行き、特急で西宮北口まで出た。

改札口から長い連絡橋《デッキ》を通って、西宮ガーデンズの建物に向かって歩いた。

連絡橋の下方には、道路や阪急電鉄の線路が間近に見えていた。行き交う車や列車の騒音が、いまの武藤の心には少々耳障りだった。視線を移動すると、甲南《こうなん》大学の茶色い建物と、桜のつぼみが描かれた薔薇《ばら》色の看板が見えた。桜は西宮市の花なので、西宮ガーデンズのシンボルマークとして使われている。連絡橋は、桜の看板の方向へ直角に曲がって続いていた。

降り注ぐ陽射《ひざ》しは強く、まるで夏場のようだった。少しでも早く屋内へ入りたくて、武藤は足を早めた。

建物の中へ入ると、汗は、すっとひいた。連絡橋から屋内へ入ってまっさきに目にとまるのは、阪急百貨店の特徴的な入り口だ。三羽の鳥を表現した、アールデコ風の大きな装飾。

ここの阪急百貨店には四階までしか売り場がない。だが、一階には洋菓子・和菓子売り場がきちんと入っている。スペース自体は大きくないが、最新のスイーツを扱っているのでフロアの中で華やかに目立つ。有名な洋菓子店も支店を出している。

武藤は一階まで降り、阪急百貨店の洋菓子・和菓子売り場を一巡してみた。

菓子フェスで売る新作と似たものがあると少々まずい。事前に調査を入れているものの、この時期になって突然新作が出てくることもあるから気になる。

幸い、似たようなお菓子は見つからなかった。スイーツというのは、同じように見えても、必ずどこかに店ごとの工夫があるようだ。その部分が個性となり商品をアピールする。ほんの少しの差が他店との違いをくっきりと描き出す。

たった一個のお菓子の中に、菓子職人が、どれほどの世界観と工夫を持ち込んでいるか。お客から「おいしかった」「また食べたい」という、ただその言葉を引き出すためだけに、どれほどの苦闘を繰り広げているか。売り手である武藤から見ると、ただただ頭が下がるばかりだった。

百貨店から外へ出ると、武藤はエスカレータで四階のレストランフロアをめざした。ここは吹き抜け構造なので、エスカレータで昇っていく途中で、周囲の様子がすべて見える。インフォメーションの後ろには、明るい色で描かれたモザイク壁画が見えていた。〈ガーデンズ〉という名前が示す通り、草花をモチーフにしたものだ。屋内にはいたるところに観葉植物が植えられ、一階のシースルーエレベータ周辺には花壇まである。造花ではない。

すべて本物の草花や樹木だ。

　そして四階には、野外ステージのあるスカイガーデン。ビルの上に作られた広い屋外休憩所には、色とりどりの花が咲き、芝生を敷き詰めた斜面があり、テーブルと椅子がいくつも置かれている。広場の中央は敷石が並んでいるだけに見えるが、実は噴水が出る仕掛けになっている。決められた時間に霧や水が噴き出し、音楽と共に噴水パフォーマンスを繰り広げる。

　四階まで昇った武藤は、スカイガーデンには行かず、カフェと軽食店が並ぶ区画へ足を踏み入れた。

　西宮ガーデンズのレストランフロアには、料理店からカフェまでさまざまな店がそろっている。パレドゥースを除くと、その数、合計三十九店舗。食事の時間になると、このフロアは大変なにぎわいを見せる。スイーツ店もいくつかある。スイーツ店がいくつも入っているにもかかわらず、西富百貨店がここにパレドゥースを出店したのは、このにぎやかさが理由のひとつだった。人が大勢集まる場所には、百貨店の地下食品売り場以上に集客効果があると踏んだのだ。その狙いは、まずまずの成果を上げていた。

　武藤はパレドゥースへ行くと、店長の中井《なかい》に挨拶した。喫茶部の一番隅の席で、中井と一緒に最後の打ち合わせを始めた。

「ショーケースの位置を変えます」武藤は店内見取り図を指さして言った。「新作を並べるためにもう一台いるので、それをこのあたりに」

「じゃあ、客席も動かすことになりますね」

「ええ。いつもよりテイクアウトも増えますから、喫茶のお客さまと衝突しないように、動線を調整します」

西宮ガーデンズは年中無休なので、配置換え作業は営業時間外になる。

四階の営業時間は午前十一時から午後十一時まで。レイアウト変更は、この時間を外して行われる。

中井店長と武藤はそれに立ち合うことになっていた。菓子フェス当日、早朝出勤して、業者の配置換え作業を確認する。

「お菓子の搬入は午前と午後の二度になります。ものによっては朝一番だけで足りるでしょうが、これだけ大量に扱うとなると、様子を見ながら二度のほうがいいでしょう」

人気商品は、搬入のタイミングによっては売り切れの時間帯が出てくる。菓子フェスが評判になればかなりのお客が集まり、テイクアウトの量も増える。お菓子だけでなく、包装箱、包装紙、保冷剤、すべてが不足する。搬入は二度のほうがいい。一度で済むならそれに越したことはないが、これぱっかりは、実際に企画を走らせてみないとわからない。

緒方麗子は、上位三店ぐらいが極端に動くのではないかと見ていた。そういうものに「いま、これが売れています!」と札をつけると、ますます売れるようになるらしい。ただ、喫茶で人気の商品とテイクアウトではまた違うだろう。ロワゾ・ドールのブラン・マンジェは、テイクアウトのほうで人気が出るのではないかと武藤は予測していた。すると他のお菓子よりも、開店直後と夕方では出る量に差が出るかもしれない、よく様子を見ておかねば。

菓子フェスは、パレドゥースが開店して以来初めての試みだった。中井は少し緊張気味で武藤の話に耳を傾けていた。中井は元は百貨店内の人間だ。芦屋支店からこちらへ出向してきた。本来の居場所から離れ、ここへひとりでやってきたときには、言葉にし難い感情を抱いたに違いない。その気持ちを呑《の》み込み、中井は、この店を成功と呼べる形まで切り盛りしてきた。そこへ突然支店の新しい企画を持ち込まれ、これまでの成果を台無しにされたのではたまらないだろう。中井の気持ちを想うと、なおのこと、この企画を失敗させるわけにはいかなかった。

パレドゥースでの打ち合わせを終えた後、武藤は西富百貨店芦屋支店に戻った。

菓子フェス出店用の商品リストを眺めているうちに、夏織と一緒にアイリッシュの話をするつもりだったことを突然思い出した。

しまった。おれは大馬鹿者だ。何のためにロワゾ・ドールまで出かけたんだ。アイリッシュに感じているもやもやを、すっきりさせるつもりだったのに……。

時計を見た。

洋菓子店の閉店は遅い。販売と喫茶は終了しても、職人たちは明日の仕込みのために夜遅くまで厨房《ちゅうぼう》で働いている。いまから電話しても、夏織はまだ残っているだろう。

だが、なんと切り出せばいいのか。

おいしくないから作り替えて下さい、というのとは違う。武藤はアイリッシュを不味いと思っているわけではなかった。ただ、もやもやするだけなのだ。何かもうひとつ、わかりやすい味が欲しいと。フックになるような味覚が欲しいと……。

ふと、ある考えが閃き、あっと声をあげそうになった。

オペラ・フレッドにあって、アイリッシュにないもの——。

それが、くっきりとしたイメージになって、武藤の中で立ちあがった。

そうか。

そうだったのか。

当然のことだが——夏織はオペラ・フレッドをまだ食べていない。それと同様に、北菌シェフはアイリッシュのことを知らない。

両方の味を知っているのは、麗子と自分だけだ。だから、なおのこと、味を比べることに意識が向いてしまうのだ。このもやもやした感情は、そこから生まれているものに違いない——。

武藤は受話器を取り、ロワゾ・ドールに電話をかけた。大変申し訳ありませんが森沢夏織さんをお願いできないでしょうか――と頼んでみた。
　先方は、すぐに、夏織を電話口まで呼んでくれた。
《お世話になっております》電話でも夏織は丁寧な口調だった。仕事の邪魔をされて迷惑なはずなのに。武藤はそれについてまず謝り、本題を切り出した。「アイリッシュのことで、ご相談があるんです」
《はい。何でしょうか》
「私は、お菓子の味の善《よ》し悪《あ》しはよくわかりません。しかし、食感の違いはわかります。これは舌触りが判断している感覚なので、味そのものとは別のところで働く感覚です」
《はあ……》
　夏織の反応は、何を言われているのかわからない――といった感じだった。武藤は、いまはそれに構わず、話を続けた。「アイリッシュの食感を、ほんの少しだけ変えて頂くことはできますか。大きな変更ではなく、ごくごく些細な変化をつけるだけでいいんです」
《え？》
「ウフ・ア・ラ・ネージュを頂いたとき、泡雪の上に、甘く煎《い》ったアーモンドがまぶしてあったことを思い出しました。あれは、とても印象的でした」
《ああ。シナモンシュガーをふりかけたアーモンドのことですね。普通、ウフ・ア・ラ・ネージュにはカラメルをかけるのですが、それだと、武藤さんには甘過ぎるだろうと思っ

て……》

「同じことができませんか、アイリッシュに対して」

《トップに散らすわけですか》

「ええ。ブラン・マンジェは牛乳プリンなので、最初から最後まで食感が柔らかいでしょう？　フルーツの酸味でアクセントをつけていますが、そのフルーツだって堅い素材じゃない。だから、トップにナッツを散らせば、一瞬だけでも違う食感が生まれて……」

《なるほど。ベイリーズはコーヒーとカカオが入ったリキュールですから、ナッツとの相性は抜群です。アーモンド、ヘーゼルナッツ、カシューナッツ。なんでも使えます。香ばしさも出る。フルーツの量を少し減らせば、散らしたときに綺麗《きれい》に映えるでしょう。今回はシナモンシュガーを使うとくどくなるので、砂糖だけでキャラメリゼしてみます》

「試作してもらえませんか。アイリッシュだけを、もう一度。それを食べてみたいんです」

《わかりました。いつお見せすればよろしいですか》

「早いほうがいいです。でも、森沢さんの都合に合わせて」

《では、お店じゃなくて家で作ります。今日は早めに帰らせてもらって、明日の朝にお店へ持ち込みましょう。武藤さんには、明日の早朝、こちらへ寄って頂ければ》

「ありがとうございます。では、朝、開店と同時に頂きに参ります」

翌朝、武藤は麗子を連れてロワゾ・ドールへ急いだ。

前回のように応接室で試食した瞬間、武藤は《思った通りだった！》と叫びそうになった。

麗子は武藤と違って冷静だった。アイリッシュの変化を歓迎したものの、予想の範囲内といった反応だった。

武藤ひとりが、この新しい発見に震えていた。お菓子に対してではなく、自分自身の変化に震えていた。これだ。これが違っていたんだ。オペラ・フレッドとアイリッシュの違い。ざらざらした食感を意図的に仕掛けているオペラ・フレッド。つるんとした食感だけを追っていたアイリッシュ。似た傾向の味なのに、妙にアイリッシュのほうに弱さを感じたのは、食感の傾向が正反対だったからだ。だから、つるんとした食感を重視しつつ、ほんの少し正反対のものを足してやるだけでアイリッシュの印象は変わる。幅が広くなる。優しい雰囲気を残したまま、武藤にも納得できる形になる。

そして……ああ、なんてことだと、武藤は赤面せざるを得なかった。

食感を変えるというコンセプト——これは《紅茶》のブラン・マンジェで、夏織がすでに実行していることなのだ。トップに添えられた小さなクッキー。あれが食感に変化を与えるためのものだという話は、夏織自身が、前回の試食のときに口にしていたことだ。自分は、それを、ぼーっと聞き流していただけだ。なのに、今回あらたに自分で発見したような気持ちになって、夏織に追加の試作を頼んでしまったのだ。ああ。なんて恥ずかしいことを。シェフじゃないとはいえ、仮にも本職の菓子職人に対して。何も言わずにもう一度試作してくれた夏織は、なんと、心の広い人間なのだろうか……。

今度の試作では、三種類のナッツが試されていた。最終的に、武藤たちは、ヘーゼルナッツを使ったものを選んだ。ブラン・マンジェ本体には、もともとアーモンドの香りが移されている。だから、違う種類のナッツを使ったほうが相乗効果が出るはず。ふりかけるヘーゼルナッツは少量なので、アーモンドの香りのよさを殺すことはない。

――お菓子の印象というのは、こんな些細なことで変わるのだ……。

武藤はこのことに、あらためて驚いていた。それを自分で気づいたことにも驚いていた。生まれて初めて、お菓子を「面白い」と感じた。それは「おいしい」とは微妙に違う感覚だった。どちらかと言えば、「楽しい」に近かった。

夏織は微笑しつつ言った。「ぎりぎりでの変更になりましたが、武藤さんに気に入って頂けてよかったです。この程度の変更なら、もっと早く、遠慮なく仰《おっしゃ》って頂いてもよかったのに……」

「すみません」武藤は深く頭を下げた。「自分でも自分の感覚がよくわかっていなかったので。きっと、元のままでも、充分に完成されているお菓子のはずなんです。今回のことは、本当に、差し出がましいことでありまして――」

麗子も夏織に向かって頭を下げた。「私からもお詫び致します。ご迷惑をおかけしました」

夏織は軽く片手を振った。「気にしないで下さい。私はシェフではなくて修業中の身なので、食べて下さった方の意見は貴重なんです。武藤さんは、いい部分に着目して下さいました。私は前の形を失敗作とは思っていませんし、あれは充分な完成形だと思っていますが、ナッツを加えるというのも面白いですもの。作った価値はあると思います」

「ありがとうございます。では、本番では、この形でいくということで」

「はい。こちらこそ、あらためて、よろしくお願い致します」

武藤は、麗子と共にロワゾ・ドールを後にした。

恥ずかしさはまだ尾を引いていたが、心の曇りが消え、世界が隅々までくっきりと見えたような気分になっていた。

清々しい五月の風が、胸の奥まで吹き込んできたかのようだった。

菓子フェスは必ず成功させる——と、あらためて気持ちを奮い立たせた。

そして、強く想った。

これからも、夏織と一緒に仕事を続けたい……。それが実現したら、どんなに素敵なことだろう——。

第八話　お菓子のフェスティバル《前編》

ロワゾ・ドールの定休日、夏織は午後からひとりで自宅を出た。阪急電鉄に乗り、西宮北口駅の改札口で恭也を待った。

恭也は約束通り、午後一時に姿を現した。

「商品はよく動いているの？」恭也は顔を合わせるなり、そう訊ねた。

「おかげさまで」と夏織は答えた。「パレドゥースへの搬入分は毎日売り切れです。もともと、それほど多く入れているわけじゃないし」

「増産は？」

「していません。本店の仕事もあるし。フェスティバルを優先して、本店のお菓子のできが荒れると困りますから」

「オーナーは欲がないなあ」

「いまの状態で充分なんですよ。ルイの評判もいいし」

駅から続く連絡橋を渡り終えて建物に入ると、ふたりは四階のレストランフロアをめざした。

パレドゥースはよく混んでいた。喫茶部にもショーケースの前にも、たくさんのお客が並んでいた。菓子フェスは大盛況のようだ。

店内のレイアウトが大きく変わっていた。観葉植物やオブジェがすべて取り払われ、客席のスペースが増し、生菓子用のショーケースが新たに一台。

色とりどりの新作ケーキが、ずらりと並んでいた。ロワゾ・ドールのブラン・マンジェも。

ブラン・マンジェのアイデアを完成させたのは夏織だが、実際の商品を作ったのは夏織個人ではない。他の菓子と同じように、厨房内の分業で作られている。販売までの過程では、漆谷シェフやオーナーのチェックも入っている。

菓子に付属するのは店舗の名前であり、特別な場合を除き、職人個人の名前がつくことはない。これが商品としてのお菓子の在り方だ。

ロワゾ・ドールの生菓子は、古くからの関西スイーツの味わいを残したフランス菓子である。誰でも食べられる優しい味が特徴で、流行の菓子のような尖《とが》った特徴はない。洋酒を利かせた菓子を作らない主義で、そういう意味では、夏織の新作はその基準から外れている。アルコールを飛ばしているとはいえ、リキュールの特徴を残した今回のブラン・マンジェは、これまでロワゾ・ドールでは出してこなかった商品だ。

この点を漆谷シェフとオーナーは、「新作だから別にいいでしょう」と鷹揚《おうよう》に受け入れた。出すのは新作だけではない、定番菓子も一緒に売るのだから大丈夫、と。

〈新作を任された〉というよりも、自分は、新作の仕事を通して修業させてもらったのだ――と夏織は思っていた。ロワゾ・ドールの懐の深さに感謝した。修業とはいえ店の仕事としてやっている以上、お菓子の出来は売り上げに直結する。売れない場合も予測したうえで、それでも自由に任せてくれたふたりの判断には頭が下がるばかりだ。

パレドゥースの店内には、邪魔にならない程度に、ピエスモンテの展示コーナーがあった。壁際に白いクロスをかぶせた長テーブルを置き、その上に、ガラスケースに収めた工芸菓子を展示している。飴《あめ》細工やチョコレート細工やシュガークラフト。サイズは小さめだが、精緻《せいち》なお菓子の細工に客たちは目を見張り、楽しそうに語り合っていた。

お菓子のフェスティバルなので、やはり女性客が圧倒的に多い。子連れの母親たち、中年女性、老婦人。女学生やOLは、きっと夕方から増えてくるのだろう。

十分ほど待たされた後、ふたりは席についた。フロアスタッフが持ってきたメニューは、いつもとは違った。菓子フェス用に搬入された各店の新作が、綺麗な写真つきで紹介されていた。

「五つぐらい食べていく?」と恭也が訊いた。

「ふたつぐらいにしておきましょうよ。喫茶をお待ちの方が大勢おられますから。残りはテイクアウトで」

「それもそうだね」

メニューをめくるだけで歓声が洩《も》れた。おいしそうなお菓子が、次々と目に飛び込んでくる。夏織が一番気になったのは、オペラ・フレッドというお菓子だった。出品店名はフェリス・ビアンカ。関西圏では名の知れたイタリア菓子店だ。

イタリア菓子というと素朴で大人しい印象が強いが、フェリス・ビアンカの北菌シェフは、イタリア菓子の伝統に従いつつ、華やかな外観に組み立てるのが上手だ。この菓子も、オペラ・フレッドという名前が示すように、ただのチョコレート味のパンナ・コッタではないのだろう。フランス菓子のオペラに近いものに違いない。きっと、ひとくち食べた瞬間から、濃厚なチョコレートの味と香りが口の中いっぱいに広がるのだろう。

恭也も夏織と同じくこれを一番に選び、それから他店の新作を選んだ。フランボワーズとクリームチーズのケーキ。夏織は、果物が山盛りになったタルトを選んだ。大阪の〈ラ・オリヴェ〉という店が出しているケーキだった。

恭也は、すでにロワゾ・ドールのブラン・マンジェを全品食べてくれている。菓子フェスの初日に、テイクアウトで全種類買って帰ってくれたのだという。夏織が感想を訊ねてみると、「うん、よくがんばったね。おいしかったよ」とだけ答えた。

欠点はなかったかとか、もっとこうしたらいいとか、そういう感想はないのかと訊くと、

「もう、そういうことに答える段階は過ぎているから」と恭也は言った。「これは、もう充分に〈森沢さんのお菓子〉だ。このお菓子に答えてくれるのは、僕じゃなくてお客さまだよ。これからは、お客さまの声のほうに、しっかりと耳を傾けるんだよ……」


オペラ・フレッドは、予想通り素晴らしいお菓子だった。

夏織はショックを覚えた。

自分の新作の方向性は、もしかしたら間違いだったのではないか。武藤に頼まれたこととはいえ——万人向けの味にするという目標があったとはいえ、もっと工夫の余地があったのではないだろうか。少なくとも、こういうタイプのお菓子の直後に食べられたときに、物足りなさを感じさせないような——そんな工夫が、もうひとつ必要だったのではないだろうか。

自分は、そこまで考えて作っていたか？

本当に全力を尽くしたか？

まだまだ、何かできたのではないか——。

恭也は微笑しつつ言った。「このオペラ・フレッドというお菓子、とっても、おいしいね。森沢さん、どう思う？」

「——完敗ですね」夏織は明るく答えようとしたが、口元がこわばって、うまく喋れなかった。「私には、こんなお菓子はまだまだ……」

「シェフともなれば作るお菓子のレベルは半端じゃない。でも、それが理解できるのは、森沢さんに向上の余地があるからだ。心配しなくていいよ」

「本当に？」

「うん。関西でお店を出すなら、フェリス・ビアンカは僕にとってもライバルになるわけだ。でも、それとこれとは別。お菓子は、おいしいと思って食べないと一番いい部分を見逃すよ。それを見つけられなかったら、ショックを受けてまで食べた甲斐がないだろう」

「そうですよね。じゃあ、いまは何も考えずに食べちゃいます……」

「そうそう。それでいいんだよ」

　ふたりがケーキを食べ終えて紅茶を飲んでいると、見知った人物が近づいてきた。西富百貨店の武藤だった。夏織はすぐに立ちあがり、頭を下げて挨拶した。「お世話になっております」

「いやいや、そのままで」武藤はにこやかに応じた。「せっかく、お菓子を楽しんで頂いているんですから。どうか、そのままで」

「フェスティバルの最中は、ずっとこちらですか？」

「これも仕事のうちですから。森沢さんには、あらためてご連絡を差し上げようと思っていたのですが、ちょうどよかった。少し、お時間を頂けませんか」

「お仕事のお話ですか？」

「はい。今回のフェスティバルの件ではなく、これが終わった後の話です。ただ――」と言って、武藤は恭也をちらりと見た。「ご迷惑でしたら、また日をあらためます」

するど、恭也が立ちあがりながら言った。「森沢さん、せっかくお会いしたんだから、ゆっくりお話を伺ってみたらどうかな。僕はスカイガーデンで待っているよ。天気もいいし、あそこで噴水を見ていたら退屈しない」

「すみません。せっかく一緒に来て頂いたのに……」

「いいの、いいの。もしよかったら、晩ご飯も一緒に食べようよ。僕のほうも話したいことがあるし」

恭也は微笑を見せ、その場から立ち去った。

夏織は武藤と一緒に席についた。

武藤は、あらためてちょっと頭を下げた。「おかげさまで、今回のフェスティバルは盛況です。たくさんのお客さまがお越しになり、ケーキは、イートインもテイクアウトも順調に売れています。どの店舗の商品もよく動いています。もちろん、ロワゾ・ドールさんの商品も」

「ありがとうございます」

「いやいや、いいお菓子を作って頂いた結果です。私たちは、宣伝と販売を担当しているだけですから」

武藤は店内の様子をぐるりと見回した。「私は未だにお菓子のことはよくわかりませんが、甘いものに、とても集客効果があることは実感しました。皆さん、なんて楽しそうにお菓子を食べてらっしゃるんでしょうか。お菓子には、これほどまでに人間を惹きつける何かがあるのですね」

「甘いものは、どこかで懐かしい思い出とつながっているんです……」と夏織は答えた。

「自分でも思い出せないほどに古い記憶と――。だから、お菓子を好きな方は、決して食べ飽きることがありません。お菓子を食べると、懐かしい時間に戻れるから」

「森沢さんは、これからも、ずっとこのお仕事を？」

「はい、そのつもりです」

「だったら、ぜひお考え頂きたいことがあります」

「何でしょうか」

「ニシトミでは、今後も、いろいろとスイーツ企画が立つ予定です。私と一緒に担当していた緒方は、お菓子にとても詳しいので――」

夏織はうなずいた。確かに、彼女はかなりお菓子に詳しそうだ。そして、詳しいけれどもあまり口を出さず、好きに作らせてくれそうな雰囲気がある。お菓子に関する仕事では、武藤よりも彼女のほうが適任なのかもしれない。

武藤は続けた。「これからも、多くのお店にスイーツ企画をお願いするでしょう。そのときには、ぜひ、また森沢さんに参加して欲しいんです」

「ありがとうございます。でも、私はロワゾ・ドールに雇われている身で——。今回も、本来ならばこれは漆谷シェフの仕事でした。ロワゾ・ドールには、私以外にも実力のある先輩がたくさんいますし」

「ええ、それはわかっています。お店の中での森沢さんの立場もあるでしょう。次回は、もっと違う形で参加して頂くつもりです。今回以上のお菓子が欲しいので」

「では、他のお店の方にも、声をおかけになるんですね」

「具体的なことは決まっていませんが、もっと自由な仕事になるのは確かでしょう」

「自由な?」

「今回、私は自分の好みで、森沢さんがお作りになるお菓子に制限を設けてしまいました」

「そこは武藤さんが気になさることじゃありません。私たち職人は、依頼があれば、その要求通りに作るのが仕事です。それは決して、恥ずかしいことや不自由なことではないんです」

「でも、私が課題を出さなければ、森沢さんは、もっとすごいお菓子をお作りになったのではないでしょうか。それが、ずっと心に引っかかっています」

「武藤さんには、あのブラン・マンジェでは、ご満足頂けなかったのでしょうか」

「いいえ！　あれは素晴らしかった。実際、よく売れています。テイクアウトで、とても人気があります。当初の狙いは当たっているようです」

「よかった。じゃあ、お客さまには確かに喜んで頂いているのですね」

「はい。次の企画は、きっと緒方が進める形になります。彼女は私よりもお菓子に詳しい。味の好みも幅広い。森沢さんに、さらに高い水準で商品を要求するでしょう。森沢さんには、それに充分応《こた》えられるだけの力があります」

夏織はテーブルに視線を落とした。ケーキが載っていた皿は、すでに片づけられていた。カップの底には紅茶がまだ残っていた。それを見つめながら続けた。「とてもありがたいお話ですが、私、たぶん、いつまでもロワゾ・ドールにはいないと思うので……」

「え？」

「職場を移るつもりなんです」

「もっと大きなお店へ行かれるんですか」

「いえ、たいした規模では。個人店舗ですから」

「どのお店に？　有名店ならむしろ好都合です。市川さんのお店に移ろうと思って……」

「新規店舗なんです。上を説得しやすいので」

「市川さんって、さっき一緒にいらした市川さんですか」

「はい」

夏織が顔をあげたとき、武藤は複雑な表情をしていた。その内面を夏織は推し量りかねた。自分が恭也の店へ移れば、恭也を差し置いては仕事を頼めないと考えたのだろうか。武藤があたためている企画と、何かが衝突してしまうのか？

武藤はしばらく黙り込んでいたが、やがて口を開いた。「それは、いつ頃に」

「未定です。ロワゾ・ドールを退職するには、シェフやオーナーと相談しなければならないので……。市川さんのお店に雇って頂くにしても、開店までにはまだ時間がかかります。具体的には何も決まっていません。でも、これからずっとやっていくなら、市川さんのお店がいいなと思って」

「市川さんがお作りになるお菓子は、そんなにすごいんですか」

「ええ、とっても！　私、初めて食べさせて頂いたショコラのムースをいまでも忘れられません。あんなふうに、心の中で、わーっと花開くお菓子を作りたいんです。私は奇抜なインスピレーションがあまり降りてこないので、市川さんのお菓子を見ていると、いろいろと刺激を受けます。さっき、こちらで、フェリス・ビアンカのオペラ・フレッドというお菓子を頂きましたが……市川さんのお菓子とはまた別の意味で、絶対にかなわないと感じました。私には、まだ、あんなお菓子は作れません。武藤さんのご期待に添えるとは、とても思えないんです。だから華やかな企画に参加させて頂くことよりも、いまは、自分が尊敬しているシェフがいるお店で地道に修業をしたほうがいいと――」

「洋菓子コンクールなどのご経験は？」

「ロワゾ・ドールはそういうことに理解のあるお店ですが、私はやっていません。コンクールへの出品では、以前、吉野さんというすごい方がいて――いま、独立してお店をやってらっしゃるんですよ。〈ル・エクレル〉というフランス菓子店です」

「……今回、うちではお願いしていませんね。緒方は、なぜリストに載せなかったのかな」

「グルメビルに入る形でやっておられるので、そちらのオーナーに了解を頂くのが難しいんじゃないでしょうか。百貨店とは、お仕事の内容が競合しますから」

「ああ、なるほど」

「吉野さんも、とても華やかでおいしいお菓子を作る方です。機会があれば、ぜひ」

「ひとつ、お伺いしたいことがあります」

「何でしょうか」

「ある方が個性の強いシェフの下で働いたとき、その方の職人さんとしての個性が消えてしまう……ということはあるのでしょうか」

「個性が消える？」

「森沢さんが市川さんのお店で働き始めたとき、ロワゾ・ドールで学んだ個性が、すべて消えてしまうことはないのですか。森沢さんのいまの個性が、市川さんの個性に影響されるようなことは」

「学んだものが完全に消えるなんて有り得ません。でも、多少は変化するかもしれませんね。市川さんのお店では、商品の方向性がだいぶ違うでしょうから」

「だとしたら、私は、森沢さんの転職をあまり歓迎できません。私は、いまの森沢さんのお菓子が好きなんです。この優しい雰囲気が消えてしまうのは実に惜しい」

「でも、私、もっと上手になりたいんです。オペラ・フレッドに、ものすごくショックを受けましたもの。ああ、私はまだここまでやれていない、まだまだ未熟なんだって」

「技術と個性は別の話です。お菓子を作るのが上手になっても、個性が消えてしまったら何にもならない」

「私には、まだ人に誇れるほどの個性はありませんし……」

「そんなことはない。森沢さんのお菓子は、確実に私の心を動かしました。甘いものを好きではない私の心を――ですよ。これは、とても大きな個性じゃないでしょうか」

話がややこしい方向へ流れ始めているのではないか――と夏織は感じた。武藤が今回のブラン・マンジェを気に入ってくれたのはとてもうれしい。普段あまり甘いものを食べない人が、おいしい、食べやすい、これなら食べられる、ありがとうとお礼を言ってくれることは職人冥利《みょうり》に尽きるというものだ。

でも、でも――。

それだけが自分のやりたいことではない。

恭也と一緒にケーキを作り、店で売る。

そんな毎日を、ずっと続ける。

長いあいだ憧《あこが》れ続けてきた夢だ。現実になればいいと、ずっと想い続けてきた夢だ。

これを、どう話せば、武藤に理解してもらえるのだろうか。

武藤は真剣な面持ちで身を乗り出した。「私の提案を申し上げてもよろしいでしょうか」

「どうぞ……」

「森沢さんは、誰かの下で働かなくてもやっていける方だと思います。確かに、お店を経営するのは難しいことです。森沢さんの年齢では、いますぐに独立するのは無茶です。いい結果は出ません。でも、いまはネット販売という方法があります。販売店舗がなくても、厨房さえあれば、宣伝を他に肩代わりさせてしまう方法がある。たとえば、パレドゥースが、通販専用の菓子を売り始めることだって可能なんです。ニシトミの上層部がＯＫを出せば、クール宅配便を使って、生菓子、チョコレート、アイスクリーム、何だって売れる」

「私ひとりでは荷が重いお仕事ですね」

「もちろん、森沢さんひとりでやれることじゃない。通販用の職人チームを作るべきでしょう。職人がそれぞれに個性を出して、いろんな商品を作るんです。それを〈パレドゥース〉というブランド名で売る」

「大変ありがたいお話だと思います。でも、大き過ぎるお仕事で、頭と心がついていきません……」

「返事は、いまじゃなくても構いません。でも、森沢さんにその気があるなら、私は実現に向けて、すぐにでも動きましょう。他の職人さんにも声をかけてみます。人数が集まれば、また違う面や計画も見えてくるでしょう。こういうことは、人が集まれば集まるほど、いい案が出てくるものなんですよ」

熱意溢《あふ》れる武藤の口調は、これが本気のプランであることを訴えていた。夏織は思った。もしかしたら武藤は、菓子類だけでなく、グルメの通販ネットを立ち上げる気なのではないか。百貨店の人間ならば考えて当然の計画だ。いまは、どんな食材もインターネットで買える。百貨店としては、通販専門サイトの成功を、黙って見続けるつもりはないだろう。女性客だけでなく男性客も含めて、皆が、もっとネットで食材を買い始めたら、百貨店は確実に打撃を受ける。対抗策を必要としているはずだ。

「……では、お返事は次の機会にさせて下さい」夏織はそう答えた。武藤の熱気。自分の気持ち。率直に切り出しても、話がこじれるばかりではないだろうか。

「わかりました」武藤は素直に引き下がった。夏織の答え方を、ある種の謙虚さと受け止めたようだった。自分の話を聞いてもらえただけでも成功と。彼の表情に暗さはなかった。進め方次第で、充分に押していけると判断したようだった。

　ふたりでパレドゥースを出て、店の前で別れた。

　夏織は、恭也が待っているはずのスカイガーデンへ向かった。

　スカイガーデンは屋外広場で、レストランと同じ階に出入り口がある。自動開閉式のガラス扉を通って広場へ出ると、緑の匂いを含んだ風が夏織の体を包み込んだ。

　四階の屋外に展開された広場は、陽射しの下で明るく輝いていた。中央に広がる円形噴水は、常に水が出ているタイプではない。決められた時刻になると動き始める。噴き出す水を溜めておく水盤がなくて、噴水の外縁にある蓋つきの排水溝が流れ落ちる水を受け止める。そのまま床下へ落とし込んで、循環させる仕組みになっている。

　広場の奥には、白い基材を組んで屋根を作った野外ステージがあった。だが、いまは何の公演もない。

　広場の外縁部には緑地と花壇が広がり、休憩用の白いベンチが置かれていた。

　それとは別に木製のテーブルと椅子が配置され、蝶《ちょう》が羽根を広げたような日除《ひよ》けが、テーブルと椅子の上に陰を作っていた。

　夏織は恭也の姿を探した。花壇前のベンチは、どこも子連れの親子でいっぱいだった。恭也は日除けを広げたテーブルの席にいた。テーブルの上には、自販機で買ったと思われる飲み物の缶が載っていた。

足早に近づいていくと、恭也はすぐにこちらに気づき、微笑を浮かべた。自販機を指さしながら言った。「何か飲む?」

「いえ、もうお腹《なか》いっぱいです」

夏織は椅子に腰をおろすと、すぐに話を切り出した。「ニシトミさんから、新しい仕事の相談を受けました」

「おっ。今回の仕事の評判がよかったんだね」

「新しいメンバーで次の企画に参加してみませんか、というお話でした」

「いいことじゃないか」

「でも、あくまでもロワゾ・ドールの職人として、という話らしいんです」

夏織の言葉に恭也は怪訝《けげん》な顔をした。「ん? どういう意味?」

「私が市川さんのお店に移ることを、あまり歓迎しておられないようでした。職場が変わったら私の個性が消えてしまうと。それはまずいと」

「へぇ……。ニシトミさんは、ずいぶん君の才能を買ってくれているんだね」

「勤めるお店の傾向によって、私のお菓子が急激に変わってしまうことを懸念しておられました。私は職人といってもシェフクラスじゃないから、確かに、職場に合わせて作るものが変化するのは止められませんが……」

「で、どう答えたの」

「返事は少し待って頂くことに。ただ、私自身はもう決めているんです」

広場に音楽が響き渡り、噴水のショーが始まった。オルゴールの音色に合わせて、広場の中央で、いくつもの水柱が立ちのぼった。

リズミカルに踊りながら、高さや噴き出す勢いが刻々変化する。

半裸の幼児が水柱の間をぬって走り回っていた。服を着た小学生ぐらいの男の子がそのあとを追いかけ回した。濡《ぬ》れないようにうまく駆け抜けていく。

夏織はしばらくの間、噴水で遊んでいる子供たちの姿を見つめていた。

小さな子供を眺めるのは楽しい。大人には絶対に無理な早さで駆け続けて笑い転げる――それは自分にはもう戻れない時代のものだ。エネルギーの塊。じっと眺めていると、なぜか自分の中にも力が湧《わ》いてくる。

夏織は言葉を続けた。「菓子フェスが終わったら、漆谷シェフやオーナーに退職時期を相談するつもりです。市川さんのお店に勤められるように準備を始めます」

「反対されたら？」と恭也は訊ねた。「前にも言ったけれど、森沢さんは、いま力がついてきたところだ。ロワゾ・ドールとしては、抜けられると困ると思うよ」

「すぐに辞めるのがだめなら、あと一年とか二年とか。期限を切って辞めようと思います。スーシェフだった吉野さんも、そういう形でお辞めになりましたし」

「ニシトミさんは君の将来を買って提案して下さっている。職人として、大きなチャンスが目の前にあるんだよ」

「わかっています。でも、私、市川さんと一緒に働きたいんです」

「僕なんて、ただの個人経営者なのに」

「自分で好きだと思える仕事なら、どんなつらいことにも耐えられます。それがないなら、どんなに条件がよくても私にはちょっと……」

「やれやれ。それじゃ漆谷シェフは、いつまでたっても、あそこを辞められないね」

えっ、と夏織は声を洩らした。「漆谷シェフ、お辞めになるんですか」

「具体的に話が出ているわけじゃないが、少し考えたい頃だろう。このままロワゾ・ドールに居続けるのか、あるいは、オーナーから店を譲り受けて自分の店にするのか。オーナーも歳だし、あの店も、いろいろと考えているところなんだよ」

「何か相談があったんですか」

「うん。僕が店を探していると言ったらそんな話が出てね。僕は、『そろそろ、東京から彰一《しょういち》さんに戻ってもらったらどうでしょうか』と言ったんだけど」

「ああ、そうですよね。そういう話もありましたよね」

「彰一さんが戻ってきたら、オーナー兼シェフは彰一さんでＯＫだろう。漆谷シェフはいまの立場から解放されるから、そのまま一職人として厨房に残ってもいいし、ルイに行ってもいいし、独立して自分の店を出してもいいし」

「漆谷シェフと彰一さんがご結婚——という話はないんですか。そうなったら、オーナーとしては万々歳だと思うんですが」

「それはないだろう。お菓子の方向性が違うシェフ同士が結婚したら大変なことになる。夫婦喧嘩《げんか》どころじゃ済まないよ」

「なるほど……」

「だから、ロワゾ・ドール自体のことも、ちょっと様子を見てあげたほうがいいんじゃないかな。仕事のことだから最終的には森沢さんが好きに選べばいい。でも、お世話になった厨房のことだ。そのあたりは気を配ってあげて欲しいんだ」

「わかりました。そのあたりも込みで相談してみます」

いつまでも変わらないものはない。ロワゾ・ドールも自分も変わり続ける。

大きな節目が迫っているのかもしれない——と夏織は思った。

第九話　お菓子のフェスティバル《後編》

「正直なところを言わせてもらうとね」と恭也は言った。「いまでも僕は、森沢さんがうちの店に来るのはどうかなあと思っているんだ」

「どうして？」

「森沢さんは僕と商売敵でいたほうが伸びるような気がする。これはあくまでも僕の主観だけれどね」

理屈の上ではそうかもしれない。

夏織にとって恭也ほど大きな壁はない。りっぱな職人は世の中にいくらでもいるが、本当の意味で脅威になるのは、ＴＶで見るだけのカリスマ・パティシエではなく、身近にいる優秀な先輩職人だ。届きそうで届かないその立ち位置が、猛烈な向上心を引っぱり出してくれる。

けれども――。

夏織はしばらく黙り込んだ後、自分から口を開いた。「市川さんのお店で働きながら、自分の個性を殺さない方法があると思います」

「どんな？」

「お店では毎日きちんと働きますが、ときどき、少し時間を頂けませんか」

「時間とは？」

「洋菓子コンクールに出品してみます。これなら、自分の個性について真剣に考えられるので」

「コンクールへ出すお菓子と販売用のお菓子とでは、着眼点や指向が全然違うよ」

「それはよく知っています。でも、普通に働きながら自分の個性も磨くためには、大きな場所で競作するのが一番だと思うんです」

コンクールでは、菓子のデザインだけでなく味も厳しく審査される。基礎技術に加えて競作の場で目立つ創造力を要求される。平凡な発想では入賞できない。

「私、三位までの入賞を狙ってがんばります。市川さんの手は一切借りません。どうでしょうか」

「どこのコンクールに出すの」

「国内、海外、どこにでも！　市川さんも一緒に出品しませんか」

「僕が？」

「そうすれば公の場で順位がつくでしょう。私、市川さんと正面から闘えます」

恭也は呆《あき》れたように夏織を見つめたが、やがて穏やかに相好を崩した。「それは僕に挑戦するってこと？」

「ええ。市川さんのお店へ行っても個性を捨てないって、そういうことじゃないでしょうか」

「……わかった。よくわかったよ。じゃあ僕のお店においで。正式に森沢さんを雇おう」

「本当に？」

「ああ」

恭也は自分から手を差し出した。

夏織は慌ててその手を握り返した。さっと握らなければ幻のように消えてしまうのではないか、夜中に見る夢のように嘘だと言われてしまうのではないか、そんな不安に駆られながら。

だが、握りしめた恭也の手は、しっかりと温かかった。

現実に存在する、本物の手だった。

パレドゥースの前で夏織と別れた後、武藤はエスカレータで四階から三階へ降り、すぐに再び昇りのエスカレータに乗った。

四階に到着すると、少し時間を置き、スカイガーデンへ向かった。

スカイガーデンの扉は二重になっている。最初の扉をくぐった後、武藤はガラス越しに夏織の居場所を探した。

白い日除けがついた席に、夏織が市川恭也と一緒に座っているのが見えた。斜向《はすむ》かいの位置につき、何事か熱心に話し合っている。

やがて広場の中央で噴水ショーが始まった。

子供たちが噴き出す水で戯れる。夏織と恭也は噴水を眺めながら話を続けていた。武藤がガラス扉の奥にいることには、まったく気づいていない様子だった。

自分は市川恭也に勝てるのだろうか――と武藤は再び怯えた。穏やかに話し合っているふたりの姿は、誰にも入り込めない世界を作っているように見えた。夏織はもう心を決めており、彼らはそれを確認し合っているのではないか。さきほど自分が熱心に説いたあの話は、夏織の心の中から、もう綺麗さっぱり消え去っているのではないか。自分が話したことは、夏織の心に、何ひとつ届いていなかったのではないか――。

寒々しさが胸の中を吹き抜けた。

心が次第に凍えてきた。

そのとき、武藤はふいに背後から呼びかけられた。「何をやってるんですか、武藤さん」

武藤は飛びあがった。

振り返ると、緒方麗子が立っていた。

「びっくりするじゃないか！」両脚から力が抜けそうになった。「君こそ、なんでこんなところにいるんだ」

「私だって菓子フェスの経過を知りたいですし。武藤さんこそ、どうして、こんなところで亀《かめ》みたいにじっとしているんですか。外へ出ないんですか」

「いや、まあ、それは」

麗子はガラス越しに広場の様子を見た。やがて何事か得心したようにうなずき、「中へ戻りましょう」と促した。「少し、お話があります」

「ちょうどいい。おれも相談がある」

ふたりはガラス扉の前から、四階のフロアへ戻った。武藤は、案内図の前で麗子と向き合った。「まず、そちらの話から聞こうか」

「鷹岡部長からの伝言です。菓子フェスの中間報告が結構よかったので、少し間隔をあけて、また新企画を立てたいという話が出ているそうです。たぶん、次はクリスマス商戦を狙った企画になるでしょう」

「冬ならチョコレートにも力を入れられるな」

「バレンタインデーの前段階として、何か試してみる気かもしれませんね」

「で、まさか、このままおれに引き継げと言うんじゃないだろうな」

「ご心配なく。次回は本格的なチームを立ちあげるそうです。武藤さんや私はメンバー候補として声をかけられることはあっても、そんな感じなので、お断りしても大丈夫じゃないでしょうか。次は、お菓子に詳しい人がたくさん集まってくるでしょうし、自薦や他薦もあるでしょうし」

「おれはともかく、君は残ったほうがいいんじゃないのか」

「企画の内容次第ですね。高級ブランドを集めてカタログ的に売るだけの企画なら面白味はありません。それなら、いつも本店や支店の催事場でやっているような企画のほうが私は好きです。自分の力でおいしいお菓子を発掘するのは、何ともいえない喜びがありますよ」

「なるほどね……」

「武藤さんのお話というのは？」

パレドゥースの喫茶部で夏織に話したアイデアを武藤は麗子にも語った。パレドゥースの名前を使ったブランド菓子を作り、ネットで販売するという話。複数の優秀な菓子職人でチームを作り、商品開発を行う。そこへ、森沢夏織も参加させたいということ。

麗子は瞳を輝かせながら耳を傾けていた。最後まで聞き終えると、「そのアイデア、そのまま部長に提案してもよさそうですね」と言った。「この企画の指揮を執るのは、武藤さんですか」

「提案する以上、責任は取るよ。だが、おれは、いままでもお菓子選びにはとても疎い。商品の選定には緒方さんみたいな人の目が必要だ。緒方さんが責任者になってくれるなら最高だよ。おれは事務方へ回ろう。職人さんの選出や味のチェックは緒方さんに任せる」

「面白いお話ですね。森沢さんはＯＫなさったんですか」

「返事は保留中だ」

「なるほど。それで、いろいろと気になるわけですか」

「森沢さんは、ロワゾ・ドールを辞めて、別のお店へ移りたいと考えているそうだ」

「え？　それなら同じ業界内じゃありませんか。何が問題なんです？」

「おれは、いまの森沢さんが作るお菓子が好きだ。でも、別の店へ移ったら、別の店のやり方を覚えることになるだろう。味が変わるかもしれない。それがとても寂しい」

「勤務先が変わっただけで、そんなに変わるでしょうか……」

「だいぶ傾向の違う店らしいから、森沢さん自身、変化はあるだろうと言っていたよ」

「質や傾向が変わっても、一定レベル以上のお菓子なら、おいしいことに変わりはありませんよ。武藤さん、心配し過ぎなんじゃありませんか」

「そうかなあ」

「わかりました。じゃあ、こうしましょう。いまから私たちはパレドゥースへ戻る。武藤さんは、あそこの喫茶で今回の新作菓子を十個注文して下さい。私の目の前で十個全部食べられたら、武藤さんのプランに協力しましょう。私も、森沢さんを説得する側に回ります」

「本当かい」

「ええ」

色鮮やかなケーキの姿が武藤の脳裏でぐるぐると回った。その甘さやクリームの味が、舌の上だけでなく胃の重さを伴って甦る。ケーキを食べることと引き替えに麗子に協力してもらうのは悪くない。だが――十個は多過ぎだ。

武藤はしばらく考え込んだ後、微苦笑を浮かべながら訊ねた。「二個じゃだめ？」

「だめです」麗子はぴしゃりと言った。「十個です。それ以上は譲れません」

「そんなあ」

「よく考えてみて下さい。武藤さんはいま、森沢さんに対して、これと同じことを要求していませんか。できないことを、無理にお願いしていませんか」

武藤は眉《まゆ》を顰《ひそ》めた。「おれは森沢さんの才能を見込んでこの案を考えた。でも、強要する気はないよ」

「本当に？」

「ああ」

「だったら、どうしてこんなところで、おふたりの様子をうかがっているんです？」

「たまたま立ち寄っただけだ」

「そうですか。それなら構いませんが」

麗子は微《かす》かに笑みを浮かべた。何もかも見抜いているような眼差《まなざ》しは、武藤の後ろめたさを非難しているというよりも、人間的な部分に共感し、応援しているかのようだった。拗《す》ねた子供のように黙り込んだ武藤に向かって麗子は続けた。「森沢さんは、これからまだまだ成長する方でしょう。伸びていくには第三者からの支援やチャンスが必要です。しかし、それ以上に本人の意思が大切です。いっぺんに全部は選べないし、皆が納得できる答もないんですから、ここは、やはりご本人の考えを最優先にしたほうが」

「それはわかっている」

「武藤さんは、森沢さんが参加しなくてもこの企画を立ち上げて下さいますか」

夏織抜きでスイーツ企画を実施する――。そんなことは考えたこともなかった。武藤にとって、お菓子とのつながりは、あくまでも夏織がいて初めて成り立つものだ。夏織がいない場所、夏織が関《かか》わらない場所でお菓子の仕事をすることに、いったい何の意味があるだろうか。

「森沢さんが参加しないなら、この企画はなしだ」と武藤は言った。「いまの段階では、あくまでも、おれの好みで温めている企画だから」

「惜しいですね」

「じゃあ、このアイデアは全部君にあげるよ。君はお菓子が好きだ。おれよりも、ずっといい企画にできるだろう。こっちは、お菓子以外の仕事でがんばるよ。最初からそのつもりだったんだ」
「やっぱり、好きになれませんか」
「そうだな。気持ちの上で何かつながりがないと、お菓子単体では難しい」
「わかりました。企画のことは鷹岡部長とも相談してみます。このままではないにせよ、何かの形になるかもしれませんね」

一ヶ月の菓子フェス期間中、武藤は何度も現場の様子を見に行った。菓子フェスは日曜日を四回挟む形になるので、そのうちの一回をパティシエの講演会にあてた。西宮ガーデンズの五階にはカルチャーセンターが入っている。一日だけの講座枠を利用して、ここで特別講座を設けた。

講師は、神戸でドイツ菓子を作り続けている老舗《しにせ》のシェフと、フェリス・ビアンカの北薗シェフ。武藤は、ふたりのシェフに挨拶し、聴衆と一緒に最後まで聴講した。

ドイツ菓子のシェフは、伝統を守って作るお菓子の楽しさ・おいしさについて語った。

北薗シェフは、イタリア菓子の伝統を時代に合わせて変えていく、その苦労とチャレンジ精神について語った。

終了後、ドイツ菓子のシェフは急ぎの用があるということで慌ただしく帰っていったが、北薗シェフは時間に余裕がある様子だったので、武藤は、お礼の意味で近くのコーヒー専門店にシェフを案内した。菓子フェスと講演についてのお礼を言い、またよろしくお願いしますと頭を下げた。

菓子フェスの売り上げでは、フェリス・ビアンカのオペラ・フレッドがトップを走っていた。菓子フェスで売れていると知った北薗シェフは、すぐに増産態勢に入った。売れた場合の計画をあらかじめ立てていたようで、午後からも一定数搬入するようになった。その分も綺麗にはけてしまったのだから、もう言うことはなかった。

「また新しい企画が立ったら、お声をかけさせて頂いてもよろしいでしょうか」と武藤が訊ねると、北薗シェフは笑みを浮かべて答えた。

「どうぞ、どうぞ。うちには、新しいことをやりたがっている職人がたくさんいますから。今度は若手にもアイデアを募ってみましょう。楽しいお菓子が、たくさんできるでしょう」

「北薗さんは、他店の商品は召し上がりましたか」

「ええ。ひと通り」

「どれが一番だと思われましたか」

「私の好みだけで答えてもよろしいんですか」

「はい、構いません。今後の参考にするため、皆さんにお訊ねしているんです」

「私が好きなのは、さきほど講座でご一緒させて頂いたシェフのお菓子です」

「あのドイツ菓子の？」

「ええ。チェリーとアプリコットが入ったケーゼクーヘンを出しておられたでしょう。ドイツのチーズケーキですよ。ケーキの縁に、こう、アーモンドスライスがパラパラと散らしてあってね。チーズの旨味と、フルーツの甘酸っぱさと、アーモンドの香ばしさが一体になった最高のお菓子でした」

「なるほど……」

武藤にとって、そのケーキは、飾り気のない素朴なケーキだという印象しかなかった。味が平凡という意味ではない。尖った個性を持たない普通の商品、という意味だ。そういう意味では、ロワゾ・ドールのブラン・マンジェと同系統と言える。

だが、それは確かに売り上げで上位に入っていた。ブラン・マンジェと並ぶ形で。だからこそ、それを作ったシェフを講座にお招きしたわけで、北薗シェフやお客の味覚は、武藤が感じ取れない何かを確かに感じ取っているわけだ。

自分の感性は貧しい――。武藤は、あらためてそう実感した。

努力してきたつもりだったが、まだまだ及ばない。

自分はお菓子のことを、何ひとつわかっていないのだ。

その日、武藤はロワゾ・ドールのブラン・マンジェを全種類買って帰った。それから、毎日一個ずつ食べた。

最初に食べたときと同じく、とても懐かしい気持ちに満たされた。

北薗シェフのオペラ・フレッドは、麗子に勧められたとき以来、一度も口にしていない。その衝撃はいまでも覚えている。だが、再び食べるつもりはなかった。

商品としての魅力は抜群だ。けれども、自分にとっては、あれは猫に小判なのだ。オペラ・フレッドは、心の底から甘いものを好きな人間が、全身が震えるような思いで味わうお菓子——。自分には、そこまで至るのは無理だ。

北薗シェフがお菓子にかける愛情が深ければ深いほど、お客もそれに応えるように熱狂していく——。それは、なんと幸せな一体感であることか。たった一個のお菓子を通して、人間と人間が言葉を超えたレベルで交流する。どれほど口達者な人間でもかなわない力。お菓子はそれを持っている。

武藤にとっては、それと同じ体験を味わえるのが、夏織のブラン・マンジェだった。滑らかに口の中で溶け、フルーツやリキュールの味と香りが食べる人を優しく包み込む。このお菓子には熱狂はないが、自分を受け入れてくれる慈愛がある。

いつまでもこの空気と共に過ごしたい。この雰囲気に包まれていたい——。

武藤は、ガラス容器の傍らにスプーンを置いた。

溜息《ためいき》を洩らし、頬杖《ほおづえ》をついた。

お菓子をダシにするのは間違っているのではないか。あの企画に夏織が乗っても乗らなくても、会いたいなら会い続ければいい。会いたいときにはいつでもあの駅で降り、あの坂道をのぼり、ロワゾ・ドールの扉をくぐれば、彼女はいつでも待っている。いや、あそこを退職し、恭也の店に移った後でも、店を訪れれば彼女は必ずそこにいる。真っ白な菓子職人の服を着て、大きなボウルを抱え、クリームや生地をかき混ぜながら……。

夏織の姿と共に、恭也の姿が浮かびあがった。

武藤は、それを頭から振り払おうとした。

だが、できなかった。

夏織のことを想えば想うほど、恭也の姿も鮮明になっていった。ふたりは、まるで最初からひとつの存在であるかのように、ぴったりとセットになっていた。

それでも、武藤はそれに抗《あらが》いたかった。

自分は菓子職人ではない。甘いもののよさを本当の意味では理解できない。でも、探せば、どこかに自分が入り込める居場所があるはずだ。夏織と、ちょうどいい距離を保てる場所が。

隙間《すきま》なく身を寄せ合うことだけが人間関係ではない。距離があるからこそ永遠に続く

──そんな間柄だってあるのではないか。自分は、それをめざせばいいのではないか。

菓子フェスが終われば、参加してくれた店舗への挨拶回りが待っている。麗子に一言断りを入れてから、ひとりでロワゾ・ドールへ行こうと武藤は決意した。

そして、もう一度訊ねるのだ。

新しいお菓子の企画に乗ってくれないか、と。

自分にとって、目に見える形で彼女に示せる最大の愛情は、いまはそれしかないのだから。

月末、パレドゥースでの菓子フェスは無事終了した。新作スイーツはとてもよく売れ、喫茶の稼働率も普段より並外れてよかった。

武藤は、展示品や追加資材の撤去作業にも立ち会った。喫茶部のレイアウトが元通りになったのを確認してから、一連の報告書を作成して上司に提出した。

今回の結果から次の企画が決まる。

それを待つ間に、参加してもらった店への挨拶回りを始めた。

ハーバーランドまで足を延ばすのは、夏織にとって久しぶりだった。

学生時代にはよく訪れたが、ロワゾ・ドールに勤めてからは、仕事が忙し過ぎて足が遠のいた。定休日が平日なので、古い友達とはなかなか休みが合わない。まとまった休みを取れるお盆の頃はどこも混むし、年末年始に海辺に来るのは寒い。レストランや映画館やショップに来る目的以外では。

モザイクと呼ばれるハーバーランド内の一角は、東側と南側が海に面している。建造物の一階から三階には飲食店が入っており、特に二階には多くの店がひしめく。

夏織はハーバーウォークの手すりにもたれ、海を眺めていた。北側にそびえ立つポートタワーから東へ視線を移すと、突堤の上に建設されたオリエンタルホテルが目に入った。夏織はこのホテルを見ると、いつも、お菓子のモンブランを思い出す。小山のような全体の形が、なんとなくモンブランを連想させるからだ。

数日前まで雨がよく降っていたが、今日は綺麗に晴れていた。青空に浮かぶ雲は、綿菓子のように純白だった。気温が高いので海面を渡ってくる風が気持ちいい。

陽射しを浴びながら海風にあたっていると、日々の疲れが、ゆっくりと消えていくような気がした。十分ばかりそこにいると、ようやく恭也が姿を現した。

「ごめん、だいぶ遅れた」

「いいえ。市川さんこそ大変でしたね」

「やれやれ、四十分ぐらい電車の中に閉じ込められていたよ。一時間の遅刻だな。退屈しなかった？」

「ここへ来るのは久しぶりですから。ショップや喫茶店で時間を潰していたら、全然退屈しませんでした」

ふたりは海が見える喫茶店に入った。横並びに座れる席につき、飲み物を注文した。

「菓子フェス、勉強になったかい」

「ええ。どのお菓子もおいしかったし、参考になりました」

「関西で店を出すのはやっぱり大変だな。あれに負けたら商売にならない」

「市川さんのケーキなら大丈夫ですよ。きっと、すぐに評判になります」

「だといいんだけどねえ。一時期のスイーツブームと比べると、ずいぶんと景気が冷え込んでいるから」

「……昨日、ロワゾ・ドールのオーナーとシェフに退職の相談をしました」夏織は静かに切り出した。「菓子フェスが終わってからと思っていたので……。いろいろ話し合って、最終的には了解して頂きました。ただ、いくつか条件があると言われました」

「どんな？」

「まず、急に辞められるのは困るから、市川さんのお店が開店するまでは残って欲しいと」

「了解。それは当然だろうね」

「あと、開店までは、市川さんのお店を絶対に手伝っちゃいけないと言われました。新しいお店作りは市川さんの仕事であって、私の仕事ではないと。だから横から手を出してはいけないし、口も挟んではいけない。店主として一番楽しいときだから、ひとりで楽しませてあげなさいって。このときに方針がぶれると、後々響くからって」

「オーナーはやっぱりよくわかっているなあ。ありがたい」

「ですから、あと少しロワゾ・ドールでお世話になります。最短でも、まだ一年近くは働くことになるでしょう。その間に、新しい勉強を始めておきます」

「こちらへ移ってきたらよろしく頼むよ。君より若い職人さんも入れるからね」

「はい。こちらこそ、よろしく」

「ニシトミさんのほうは？」

「一度にたくさんの仕事をするのは無理なので……。やはり、お断りします」

「残念がるだろうね。ニシトミさんは」

「仕方がありません。自分の限界を超えそうなときには、きちんと説明してお断りするのもプロとしての責任だと、オーナーとシェフから教えて頂きました」

「それは確かにその通りだ」

「市川さんのお店は、もう名前は決まっているんですか」

「ああ」

「〈アルジャンテ〉ですか」

「それは使わない。こちらで、同じ名前の洋菓子店ができてしまったからね。代わりに〈ミュロワーズ〉というのを思いついた」

「ミュロワーズ？」

「木イチゴの一種だよ。ミュールとフランボワーズの交配種だから、ミュロワーズ。双方のよさが生きた味と香りは、お菓子作りにも抜群の力を発揮する。甘酸っぱい、素敵な味の果物だ。リキュール作りにも使われる。綺麗な赤いリキュールができるんだよ」

まだ見たことのないその果実を、夏織は頭の中でイメージしてみた。

ミュロワーズ。

自分では、まだ一度も使ってみたことのない果実。赤いリキュールができるということは、その実は、ルビーのように燦然《さんぜん》と輝く赤なのだろうか。

その華やかなイメージに、夏織は、恭也の決意を見た気がした。

神戸は、日本で一番ケーキの消費量が多い都市だ。

そして、関西圏はスイーツの激戦区でもある。

洋菓子・和菓子入り乱れて顧客争奪戦を繰り広げている中へ、スタッフを引きつれて新たに身を投じる——。その意思の強さと赤い実のイメージが重なり合った。

夏織は微笑を浮かべた。「いい名前ですね」

「ありがとう」

ミユロワーズ。これからは、そこが自分の居場所だ。たくさんのスタッフと協力し、おいしいお菓子を作る場所。再び、恭也と一緒に働ける場所。

「よろしくお願いします」夏織は丁寧に頭を下げた。「まだベテランとは言い難い腕前ですが」

「僕は、いまでも少し迷いがある」恭也はつぶやいた。「森沢さんがうちに来ることが、本当にいいことなのか。それが森沢さんにとって、本当に役立つことなのかどうか」

「気にしないで下さい」夏織は微笑を浮かべた。「いいことなのかどうかは、私が決めますから」

第十話　はじまりのお菓子

初めてロワゾ・ドールを訪れた日を思い出しつつ、武藤は店舗まで続く長い坂道をのぼった。

あのときは麗子が風邪で倒れ、ひとりで菓子店への挨拶《あいさつ》回りをしていた。行く先々でシェフの自信作を食べ、胸焼けを起こし、最後に訪問する店では申し訳ないがケーキを出されても断ろうと決め、鬱々たる気持ちで歩いていた。

最後の訪問店。ロワゾ・ドール。

そこで森沢夏織と出会った。

華やかに飾られたチョコレートケーキを、「食べられないので……」と断ってしまったときのことを、武藤はいまでもよく覚えている。

よくよく考えてみれば、あれこそが、夏織が本当に作りたかったケーキだったのかもしれない。目にも鮮やかな果物がちりばめられ、女性客ならば大喜びしそうなデザインだった。きっと、味も女性向けに作られていただろう。麗子が同席していれば絶賛したかもしれない。麗子ならば「この方向で新作をお願いします！」と言ったかもしれない。最初に自分が接触したせいで、夏織はケーキの方向性を変えた。こちらからの要求に生《き》真面目《まじめ》に応《こた》え、これまで作ったことのないものを新作として出してきた。もちろん、それは職人としての勉強になっただろうが、パレドゥースでの菓子フェスにおいて、果たしてベストな選択だったのかどうか。

武藤は、いまでも、そんなことを考えてしまう。

だからこそ、夏織を新しい企画に招きたいという気持ちが日ごとに募った。夏織に、本当の個性を生かしたケーキを作ってもらいたい。それは自分には善《よ》し悪《あ》しがわからなくても、甘いものが好きなお客の心を、がっちりと摑《つか》まえるはずなのだ――。

ロワゾ・ドールに到着して売り子に用件を告げると、武藤はいつものように応接室に案内された。

すぐに市川オーナーと漆谷シェフが姿を現したので、武藤は丁寧に挨拶し、菓子フェスの成功報告とお礼を述べた。別の企画をお願いする機会があれば、そのときもまたよろしくお願い致しますと言って頭を下げた。オーナーとシェフは、にこやかに武藤の言葉を聞いていた。こちらこそスタッフにとってもいい経験になりました、またよろしくお願いしますと応えた。

武藤が「森沢さんとも少し話したいのですが」と告げると、漆谷シェフは「作業が一段落ついたらこちらへ来させます。しばらくお待ち下さい」と答えた。

オーナーとシェフが退室した後、入れ替わりで、事務員が紅茶とお菓子の皿を持ってきた。事務員はすぐに部屋から出て行ったので、武藤はひとりで待つことになった。

皿の上には武藤が見たことのないお菓子――たぶん、お菓子だろうと思えるもの――が載っていた。少し深さのある白い皿の中に、濃い赤紫色の果実が三つ、それと似た色のソースに浸っている。薄くスライスされたオレンジが、同じ色に染まってソースの中に沈んでいた。おそらく、ソースと一緒に煮ているのだろう。

果実の上には、真っ白なホイップクリームが少し載っていた。外見だけでは味はわからない。ケーキやチョコレートのような甘さはないかもしれないが、濃い砂糖煮だとしたら、マカロンみたいな激甘のお菓子なのかもしれない。だったら、うっかり食えないぞ……と武藤は怯えた。

だが、もしこれが、夏織がわざわざ作ってくれたものだとしたら――そのあたりの配慮はあるかもしれない。こういうお菓子はケーキ屋の店頭で見かけたことがない。菓子フェスでも見かけなかった。前に食べたウフ・ア・ラ・ネージュのように、素朴な家庭菓子なのかもしれない。だとしたら食べても大丈夫だろう。

スプーンとフォークが添えてあったので、武藤はまずフォークを手に取った。ホイップクリームは食べたくなかったので、ソースの中へ落とした。赤紫色の果実にフォークの先端を突き刺し、口の中へ運んだ。

ひとくち噛んだだけで、柔らかな果実の中から、じゅわっとソースが溢《あふ》れ出た。時間をかけて、ゆっくり煮込んだような食感だった。何とも優しくまろやかな味に、武藤は目を見張った。

甘さはとても控えめ。

加えて、豊かな赤ワインの味と香りがあった。

それを追いかけるように、爽《さわ》やかなオレンジの風味が口の中いっぱいに広がった。

どうやら、果実の赤ワイン煮のようだ。

鴨肉や牛肉を赤ワインでことこと煮込むように、少し甘味をつけて煮ているのだろう。

武藤はフォークを置き、スプーンに持ち替えた。皿の中のソースをすくって、ひとくち飲んでみた。単独で味わうと、赤ワインの特徴が、よりはっきりと立ち上がった。あくまでもお菓子としての限度を超えないように、フルーティな味わいが強いワインを、軽く使っているようだ。

コンポートという言葉を武藤は思い出した。菓子フェスの仕事を続けていくうちに、どこかで知った言葉だ。料理でも使う言葉だが、お菓子の世界では果物を甘く煮ることをそう呼ぶのだという。リンゴのコンポート、洋梨のコンポート。喫茶店では、果実を丸ごと煮たものを、この名前でメニューに載せていることもあるという。

この果実は何なのだろうか？

未だに菓子にも果物にも疎い武藤は、皿の上の実を見つめながら首をひねった。

葡萄よりも大きく、梅干しのような外見だ。肉厚でしっかりとした噛み応えがあり、酸味よりも甘味のほうが強い。だが、砂糖のような強烈な甘味ではない。もっと舌に優しく、普段自分が食べる食事の中ではあまり遭遇しない独特の香りがある。

食べ終え、紅茶を飲みながら待っていると、やがて応接室の扉を叩く音が響いた。

森沢夏織が入ってきて、軽く頭を下げた。「お待たせ致しました。大変遅れて申し訳ありません」

「いいえ、こちらこそ。お忙しいところを、ありがとうございます」

夏織は武藤の向かいに腰をおろした。

武藤は軽く息を吸って腹に力を込めると、さっそく切り出した。「先日のお返事を、お伺いしてもよろしいでしょうか」

「はい」夏織は武藤をまっすぐに見つめた。「私は一年ほど後に、ここを退職することになりました。漆谷シェフとオーナーからは、すでに了解を頂いています。退職後は、市川恭也さんのお店へ移ります。そこでの仕事は忙しく、他のことには手が回らなくなるでしょう。ですから、大変申し訳ありませんが、ニシトミさんのお仕事については辞退させて頂くことに……」

「毎日、うちの仕事をして頂かなくてもいいんですよ」武藤は夏織の言葉を遮るように言った。「企画が持ち上がったときにアイデアを出す。期限を決めて、やれることだけをやる。パレドゥースの菓子フェスを手伝って頂いたときと何も変わりません。それでも無理なのでしょうか」

「市川さんのお店へ移ったら、技術を磨くために、コンクールへの定期参加を考えています。国内の大会だけでなく、海外の大会にも」

武藤は息を呑《の》んだ。「あの、海外というと、たとえばフランスとか――」

「はい。フランスの大会だと、クープ・デュ・モンド・ドゥ・ラ・パティスリーが有名ですね。アメリカではＷＰＴＣがあります。どちらも、二年に一度開かれる洋菓子の世界大会です。最終的にはそこをめざします。もちろん、そう簡単には出られませんから、まずは国内の大会に向けてがんばるんですが……」

「それは素晴らしいことですが、コンクールというのは、単に技術を競い合うだけのものでしょう。お客さまに喜んでもらうお菓子を作るわけじゃない。森沢さんは、それで納得できるんですか」

「同じなんですよ」

「え？」

「お客さまに喜んで頂くのも、審査員を喜ばせるのも――同じなんです。お菓子によって、自分以外の誰かを喜ばせること。それが菓子職人の務めです。審査員の方々だって、お菓子が大好きなんです。だからこそ一番おいしいお菓子を選びたい、賞をあげたいと思って選考の仕事を引き受ける。そこで繰り広げられるドラマは――職人と食べる側との対話は、店頭でのあれこれと何も違いません」

武藤は言葉を失った。

自分が想像もしていなかった価値観を夏織は持っている。それは作る側にしかない考え方――職人の価値観だ。売ることとしかしない自分にはとうてい到達できない心境。

それを夏織は貫くと言っている。

ささやかな勇気を胸に置き。

夏織は続けた。

「それに、コンクールで鍛えた技術は、そのまま日常の仕事に応用できるんです。コンクール用のアイデアを練ることは、頭の切り替えになります。そういう華やかな場に出ることで、日常的なお菓子のアイデアが、ぱっと閃くこともあるんですよ。コンクールは販売用のお菓子を作るわけじゃないから無意味だとは、簡単に言い切れないんです」

それに使う時間があれば、自分の企画に乗って欲しい――。喉《のど》まで出かかったその言葉を、武藤は腹の底へ押し込んだ。

言ってはならない。

それだけは、言ってはならないのだ。

何もかも――夏織が自分の意思で選んだことだ。それを否定することは、自分の意見を彼女に押しつけるのと同じになる。

夏織と出会ったとき、チョコレートケーキを拒否し、菓子フェス用の商品に具体的なリクエストを出して仕事の幅を狭めた――あれと同じことを、自分は、またやってはいけないのだ。

武藤は膝の上で両手を握りしめた。「……森沢さんが辞退なさるなら、その席は別の職人さんのものになるでしょう。いったんチームができれば、職人さんが入れ替わることはまずないと思います。企画を立てる側としては、ブランドとして職人の顔ぶれを固定したいと考えますし、買うほうも、いつも一定の職人さんが作ってくれているという安心感を求めるでしょう。いま参加しなければ次の機会はないと思います。それでも構わないのですね」

「はい。両方は選べませんから。おそらく向かっている道が違うので……。どちらが私にとってよい選択なのか、それはいまの時点ではわかりません。けれども、選んだほうが私に相応《ふさわ》しい道になるのでしょう。道とは、そうあるべきです。でなければ、いま選ぶ意味はありません」

「わかりました」武藤は静かに答えた。頭から背中を通って何かが足元へすとんと落ちたような――憑きものが落ちたような奇妙な浮遊感があった。

自分の中に空白ができたのを感じた。

虚無に近い穴が。

それを振り払うようにして、武藤は明るい声で告げた。「そこまで仰《おつしや》るなら、私としても無理は申し上げられません。新しい職場でがんばって下さい。森沢さんなら、どこへ行っても、りっぱな職人さんになるでしょう」

「ありがとうございます」

武藤はローテーブルの上の皿に視線を落とした。ふと思い出したように訊ねた。「このお菓子……なんというものなんですか。赤ワインを使っていることはわかりましたが」

「ドライ・プラムの赤ワイン煮です」

「プラム？　プルーンのことですか」

「はい。一般的には、生の果実をプラム、干して乾燥させたものをドライ・プラム、もしくはプルーンと呼びます。これは、ワインに砂糖と水とスライスしたオレンジを加えて煮ています。隠し味として、スパイスもちょっと……。こうやって煮ると、乾燥で縮んでいたプラムが、ふっくらと柔らかく膨らんで、とてもおいしく召し上がれるようになるんです。とてもシンプルなお菓子ですが、こういうものもお菓子です。ウフ・ア・ラ・ネージュのこと、覚えてらっしゃいますよね」

「ええ。あのときは白ワインを使ったソースでしたね」武藤は懐かしさに胸を詰まらせた。たった数ヶ月前なのに、遠い昔のように思えた。

「最初が白だったので、今回は赤ワインにしてみました。似た傾向のお菓子なら、抵抗なく食べられて、喜んで頂けるのではないかと思って」

――その気持ちだけで、もう充分だ……。

武藤は夏織に向かって深々と頭を下げた。

「お世話になりました。ありがとうございます。森沢さんのおかげで、私も、ちょっとは、お菓子のことがわかるようになりました」

「あの、武藤さん」

「何でしょうか」

「お菓子というのは気合いを入れて食べるものではありませんから。気軽に、ふと甘味が欲しくなったときに手を伸ばして頂ければ――。無理をなさらずに、これからも楽しんで下さいね」

武藤は夏織に微笑を返した。

夏織はそれを了解の意味と受け取ったのか、自分も笑顔を返した。

気合いを入れて菓子を吟味する。そんな機会はもう自分にはないだろうと武藤は思った。

企画は麗子かニシトミの上層部に全部譲る。それでいい。夏織が加わらない洋菓子企画など、自分には何の意味もないのだから。

ロワゾ・ドールをあとにすると、武藤は坂道をゆっくりと下っていった。もう二度と通うことのないその道は、一歩進むごとに、後ろから消失していくように感じられた。

洋菓子コンクールをめざす夏織は、もう決して自分を振り返らないだろう。コンクールは職人にとって孤独な闘いだ。遊びではない。ちょっとした腕試しでもない。自分の全存在をかけて闘う場であり、そこに武藤が入り込める余地はない。

お菓子を通して結び合う絆がどれほど強いものか、武藤にもよくわかっていた。それは、百貨店の企画部で仕事をするとき、自分がチームを組むのと同じで――つまり、ひとりでは何もできないのと同じで――大きな信頼を仲間に対して置くことになる。そういう仕事の充実感を、夏織が忘れられるはずはない。結びつきはいっそう強くなり、分かち難いものになるだろう。

自分は、それを傍から見ていることしかできない。

黙って見つめ続けることのつらさを、武藤は嫌というほど自覚していた。そんなことができるはずがない。だから、もう、ここへは戻れないのだ。

ふらふらと街を歩いた。

何もかもが無意味に思えた。

世界が昨日までとは別のものに見えた。

新しい日常が始まるだけと思えばいいのだが、その新しい世界で何をやればいいのか、わからなかった。

武藤は西富百貨店芦屋支店へ戻ると、麗子とこれからのことを話し合った。

麗子は夏織の選択を誉め、「私たちは静かに見守るだけにしましょう」と言った。「いつか森沢さんの受賞ニュースが流れたら、そのときに一緒にお祝いしましょう。お花を届けてあげましょうよ。それが一番ですよ」

西富百貨店で一日の仕事を終えた後、武藤はひとりで繁華街へ出た。

まだ少し、頭がくらくらしていた。宙を歩むような頼りない足どりで進んでいくうちに、ふと馴染《なじ》みのレストランへ寄りたくなった。

菓子フェスの企画が立ち上がったとき、麗子を説得するために連れていったあのフレンチレストラン。ちょっとおいしいものを食べたくなったとき、いつも、ふらりと立ち寄る店。ひとりで行っても嫌な顔ひとつせず、優しく迎え入れてくれる店——。

ここしばらく忙しかったので、あれから一度も行っていない。気分転換にちょうどいい。

こんな日は、家で食事をする気にはなれないし。

レストランのスタッフは、いつもと変わらぬ穏やかな雰囲気で武藤を迎え入れた。

武藤は窓側の席へ案内された。

平日なので客の数は少なかった。静かな店の雰囲気は、傷を負った武藤の心を、ほんの少しだけ慰めてくれた。

メニューを開き、いつもより高めのディナーコースを選んだ。

しっかり食べて、気力を奮い立たせねばならない。

明日から、何もかも忘れてまた働かねばならないのだ。

次は、どんな企画が持ち上がるのだろう。北海道物産展、高級ランジェリーの販売、高価なアクセサリーの販売、全国駅弁祭り――。菓子フェス以上に、自分にとって困難な仕事が待っているかもしれない。だから、いつまでも、へにゃっとしているわけにはいかないのだ。

男性スタッフを呼び止めて、料理とグラスワインをオーダーした。注文内容を確認したスタッフは、デザートはいかがなさいますか、今日はおひとりなのでいつものように省略なさいますか、と武藤に訊ねた。

武藤は、デザートはいつも通りいらない……と答えようとして、ふと思いとどまった。しばらく考え込んだ後、「いや、今日はデザートまで頂きます」と答えた。

「よろしいんですか」男性スタッフは気づかうような表情で訊《たず》ねた。「デザートは六種類の中からふたつ選んで頂き、シャーベットかアイスクリームを組み合わせる形になります。

しかし、どれもかなり甘いですよ。うちのデザートは、小さくても味が濃いので……」

「一番さっぱりしているのはどれですか」

「そうですね。ライムのシャーベットに、木イチゴのタルトを組み合わせる形なら、フルーツ系ですから爽やかな後口に」

「では、それをお願いします。ケーキは二種類もいらないし、冷たいものも欲しくないから、木イチゴのタルトだけを下さい」

「かしこまりました」

男性スタッフは極上の笑みを浮かべた。これまで、ただの一度もデザートを食べたことのなかった客が興味を示した——そのことを、とても喜んでいるような様子だった。

武藤は、ちょっと驚いた。自分がお菓子を食べることが、これほどまでに、この店のスタッフを喜ばせるのかと。そして、これまで断り続けてきた自分の行為を、ほんの少しだけ後悔した。正規の料金をきちんと払ってきた以上、料理の一部を断ることも客の権利であり、別に恥ずべきことをしていたわけではないはずだ。それでも、自分が何かを切り捨てたうえで走ってきたのは事実で、そこに想《おも》いを馳せると胸の奥が少々痛んだ。

澄んだ味のコンソメスープ、まろやかなテリーヌと香草を添えたサラダ、温かいパン、魚料理、肉料理と楽しんだ後、注文したデザートが出てきた。

「木イチゴのタルトでございます」男性スタッフは皿を置きながら告げた。「ミュロワーズという木イチゴを使っています」

「ミュロワーズ？」

「ミュールとフランボワーズの交配種なので、この名前で呼びます。とてもおいしい果物ですよ」

武藤はフォークを手に取り、タルトを切った。鮮やかな赤に彩られた木イチゴのお菓子を口へ運んだ。

甘酸っぱい味と香りが、口の中いっぱいに広がった。

その瞬間、懐かしいような物悲しいような想いが、胸の中にどっと押し寄せてきた。

泣くもんか——と、武藤は自分に言い聞かせた。

森沢夏織は言っていたじゃないか。お菓子は楽しく食べて下さいと。だから、いまここで泣いちゃだめだ……。

武藤は誰にも表情を見られないように下を向き、黙々と、ミュロワーズのタルトを食べ続けた。

食べながら思った。

そうだ、緒方麗子を、またこの店へ誘わなければ。よく考えたら、菓子フェスの仕事のお礼を、まだ少しもしていなかった。

前に注文したときよりもいい料理を彼女にも食べてもらわねば。それでなきゃ、お礼にならないからな。

そして、コースの最後にデザートが出てきたとき、おれは今度は、自分のお菓子を麗子に譲ったりはしない。目を丸くして驚くであろう麗子の前で、おれは自分のデザートを、自分できちんと食べるのだ。ちょっと分けて下さいと言われたって、絶対に渡さない。

それは、料理の一部としてシェフが心を込めて作った、華やかなお菓子の宴《フェスティバル》なのだから。

本書は「河」二〇一〇年六月号から二〇一一年三月号まで連載した作品に加筆・訂正をいたしました。

Haruki Bunko
ハルキ文庫
う 5-4

菓子《かし》フェスの庭《にわ》

著者 上田早夕里《うえださゆり》

2011年12月18日第一刷発行

発行者 角川春樹

発行所 株式会社角川春樹事務所
〒102-0074 東京都千代田区九段南2-1-30 イタリア文化会館

電話 03(3263)5247(編集)
03(3263)5881(営業)

印刷・製本 中央精版印刷株式会社

フォーマット・デザイン 芦澤泰偉
表紙イラストレーション 門坂 流

ISBN978-4-7584-3598-7 C0193 ©2011 Sayuri Ueda Printed in Japan
http://www.kadokawaharuki.co.jp/ [営業]
fanmail@kadokawaharuki.co.jp [編集]　ご意見・ご感想をお寄せください。

ラ・パティスリー

森沢夏織は、神戸にあるフランス菓子店《パティスリー》〈ロワゾ・ドール〉の新米洋菓子職人《パティシエ》。ある日の早朝、誰もいないはずの厨房で、飴細工作りに熱中している、背の高い見知らぬ男性を見つけた。男は市川恭也と名乗り、この店のシェフだと言い張ったが、記憶を失くしていた。夏織は店で働くことになった恭也に次第に魅かれていくが……。洋菓子店の裏舞台とそこに集う、恋人、夫婦、親子の切なくも愛しい人間模様を描く、パティシエ小説。大幅改稿して、文庫化。

上田早夕里の本

ショコラティエの勲章

絢部あかりが売り子をしている老舗の和菓子店〈福桜堂〉神戸支店。その二軒隣りの人気ショコラトリー〈ショコラ・ド・ルイ〉で、あかりは不思議な万引き事件に遭遇した。それがきっかけで、ルイのシェフ長峰和輝と親しくなったあかりだが——。ボンボン・ショコラ、ガレット・デ・ロワ、クリスマスケーキ、アイスクリーム……さまざまなお菓子に隠された、人々の幸福な思い出や切なる願いを、繊細にミステリアスに描く〝美味しい〟物語。

ハルキ文庫